夜明けのウエディングドレス

玉 岡 か お る

幻冬舎文庫

夜明けのウエディングドレス

夜明けのウエディングドレス

contents

第一章　Ravissant《ラヴィソン》　あざやかな世界

　大阪城を見上げるのはずいぶん久しぶりのような気がした。なごやかな小春日和《びより》の空に、天守閣の緑青色《ろくしょういろ》があざやかに映える。

　車を降りて、田代《たしろ》窓子《まどこ》は、しばらく見とれた。

　高層ビルで埋まった都心の空をすがすがしく切り取る城郭の域。その中央に、優美に連なる三層の屋根の伸びやかさ。それは思いがけなく目に飛び込んできた雄大なパノラマだった。

「ようこそいらっしゃいませ」

　エントランスから黒服の女性スタッフが出迎えてくれなければ、窓子はおそらくずっとそうして眺めていただろう。着物の襟足に降り注ぐ陽光も柔らかい。

「大阪城が、よう見えること」

　取り繕うように言うと、スタッフはにこやかに視線をたどり、胸を張る。

「はい。お城が見える一等地でございます」

とある男爵の別邸だったという由緒を、なにより誇る口ぶりだ。もとは壮大な構えの建物だったようだが、今は一部をこうしてレストランに改装し、話題になっているらしい。

「ようこれだけの土地が焼け残ったことやねえ」

ついつぶやいてしまうのは、戦争を知る世代の、いつまでたっても直らぬ性癖だろう。大阪城が空襲を受け、周辺にあたるここら一帯、目を覆うような焼け野原だった。そんなことなど知りもしない若い者に言ったところで意味のないことというのに。

今日ここでの食事を指定してきた旧友は、なぜにここを選んだものか、もしかして戦後の様子を知ってのことだったのか。

いや、まさか。東京生まれ東京育ちの彼女が知るはずもない。その頃は京都にいた窓子も同様で、毎日を生きることに必死で、東京にいる彼女とは往来すらなかった。

「佐倉玖美《さくらくみ》さんの名で予約があるはずなんやけど」

道中着の肩からするりとショールをはずしながら、待ち合わせの相手の名前を告げた。

「はい。承っております。当店にお越しいただけて光栄です。どうぞ、中へ」

全国的に知られた相手の名に、女性スタッフは弾むような笑顔で応じ、待ち合わせ相手である窓子に対してまでも丁重に、手荷物を預かってくれる。

「お召し物、素敵ですね」

着物は商売柄といおうか、窓子のユニフォームでもあったから、褒められるとむしろ照れ臭い。今日は葵唐草《あおいからくさ》を後染めした大島に博多帯というカジュアルな装いだが、晴れ着でないからこそ着慣れた者独特の粋がにじみ出るというものだ。

素直にありがとう、と受けると、

「先生のご本、読んだことがあります。私も、着物は大好きで」

意外にも、そんなことを言う。

「え？　うちが書いた本？」

聞き直したのは、待ち合わせ相手の佐倉玖美と間違えてはいないかとの確認で、彼女に比べれば自分など普通のおばあさんだとは自覚している。まれに、窓子の顔をテレビで見たことがあると言って声をかけてくる見ず知らずの人もいたが、勢いで書いた一冊きりの著書を読んでくれたとは奇特なことだ。

「それはそれは、おおきに」

長年着物にたずさわったせいで服飾研究家などという肩書きをつけられ、ちょっとした番組でふたこと三こと発言するだけのコメンテーターとやらで招かれ出演するのも、老後の暇つぶしとしか思っていなかったのに、こうして世間に知られていようとは。

「あれを読んで、私も着物が着たくなっちゃって」

「まあ、嬉しいこと言うてくれはる。着たらよろしねん。きっとあなた、お似合いやよ」

黒のパンツスーツの襟元のソムリエバッジもさりげない。すっきりシンプルなまとめ髪の首筋を眺めると、たしかに着物が映えそうに思われた。

「〝誰でも一度着物を着たなら、自分が何者であるか思い出す〟——そうお書きになっていたのが印象的で。私もこうしてフレンチレストランにおりますけど、自分が日本の女だったんだなあって、思い出しました」

思わず彼女の顔を見た。窓子もこの年齢の世代にしては背が高い方だが、体格に勝る外国人客にもひけをとらないであろう彼女の背の高さが、改めて好ましく思えた。

「ただ、……自分で着るのが難しくて」

恥じ入るようにうつむく彼女に、そうやろなと、窓子は逆にやさしい気持ちになった。

着物が衰退してしまった現実を昔に返す術《すべ》もなく、とうにあきらめはついている。だがせめて美しい着物文化が失われぬようにとの願いすら、こんな老女の着物姿がまるで絶滅危惧種のように視線を集めてしまうことの方が、寂しいと言えば寂しい気がした。

「先生、足もと、お気をつけくださいね」

〝先生〟だなんて。何を専門に勉強したわけでなく、ただこの国に生まれてずっとこの国の伝統衣装の着物に親しんできただけのこと。とはいえ、その結果が力になったというなら、年をとるというのは衰え失うことではなく、むしろ年々力を蓄え、積んで、強く大きくなるということなのであろうか。

では、三十年、五十年という歳月を、みずから志して全力を挙げ、その道一つに注ぎ込んできた者であれば、どれほどの力になるか。

計るのはたやすい。そう、今から会う旧友、玖美その人を見ればいいのだ。

ホールを横切り、部屋に入ると、正面の大きなガラス窓越しに、まぶしいばかりの庭の緑が迎えてくれた。

大阪の市街地のどまんなかにあって、信じられないほどの閑静な空間だ。桜の植え込みの向こうに芝生が続き、その先にはどうやら大川が流れているらしい。観光用の船が、ゆったりと横切っていく。

「あちらでございます」

衝立《ついたて》で仕切って個室感を出した窓際の奥の席に、すでに端座している人の背中が透けて見えた。

あいかわらず、早いこと──。つぶやきながら、窓子は案内係に訊いた。

「彼女、もうだいぶ前から待ってくれてはるん？」

「そうですね、五分ほど」

そっと腕時計を見るとまだ十分前だ。

「変わってへんねえ」

学生の頃も、いちばん遠くから通ってくるのにいつも教室には彼女が一番にいた。

「お待たせ」

衝立の後ろから声をかけると、まあ――、と声にならない驚きとともに、着席していた先客が腰を浮かす。

雑誌やテレビで見るとおりの、彼女のトレードマーク、シルクのターバンがまず目に飛び込む。今日はあざやかなオペラピンク。黒が基調のロングスカートのスーツには、いつも同色がインナーやポケットチーフに採り入れてあり、他を圧倒する存在感を放っている。

おそらく、その独特のファッションからも知名度からも、大阪のこんな場所では彼女の姿は目立ってしまい、それで店側も、衝立を用意するという配慮となったに違いない。

「玖美ちゃん、……」

お待たせしたわねと言おうとしたのに、言葉が滞る。かつて机を並べた親友というのに、玖美のその存在感に、窓子は気圧《けお》されているのであった。

無理もない、なにしろ佐倉玖美といえば国際的なファッションデザイナー。世界の頂点ともいえるパリコレにも、数えるばかりの日本人の代表として、もう何年にもわたってコレクションを発表し続けている。その貫禄は群を抜いて、窓子に迫る思いがした。

それなのに玖美の方では、何の躊躇もなしに、こうして会おうと連絡してきた。

——大阪でショーがあるから、マーちゃん見に来て。もちろんご招待させてもらうから。その日はごった返しているから、翌日、ゆっくりごはんでも食べましょ。

まるで昨日も一昨日もそうやって会話してきたような親しい口ぶりで、留守録に吹き込まれていた彼女の肉声。何度も聞き直したことを思い出す。

二人の間に横たわるブランクの日々など、いっこうにないかのごとき自然な口調であったのは、仕事でつきあいのある窓子の実兄、淳之介の家を介して、玖美が窓子に対してさほど距離を感じていないからだろう。今こうしています、ここにいますと、現在の暮らしの輪郭ぐらいは兄の家でも話題になっただろうし、窓子も義姉から、今日佐倉さんが見えたわよと、折々の動静くらいは聞いている。そしてそのことをきっかけに、季節の挨拶くらいは、葉書の往来も復活していた。

そうして届いた招待状だ。女学生の頃の右肩上がりの文字のまま、「来てネ」と子供のような一言が添えられてあったのを微笑ましく眺めた。

「マーちゃん、よく来てくれたわねえ」

立ち上がった玖美の、まるで窓子をそのまま抱き取るかのような笑顔を前にした時、やっと窓子は声を発することができた。だがそれはどんな挨拶でもなく、窓子自身、予想もせずにいた言葉だった。

「ラヴィソン……！」

思考より先に思いが口を衝いて出た、というほかはない。

とたんに玖美が目を細め、微笑みを浮かべる。そして、彼女もまた、言った。

「ラヴィソン！」

すぐに応じた玖美の声に、思いがけなく窓子の胸が詰まった。

何の説明も挨拶もいらなかった。

ターバンにロングスカートスーツの玖美、着物の窓子。小柄な玖美、背の高い窓子。まったく違う姿の大人になり、人生の終盤に立つ二人の女の間を、へだてる余白はもうなかった。二人、声を上げて笑った。

爽快な笑いが、すべてのためらいを押し流していく。

「久しぶり——。マーちゃんも、その言葉も」

笑った後のさわやかな余韻に、ようやく周囲をはばかる余裕がもどる。そして二人、どちらからともなく、手を取り合った。

「ラヴィソン、ほんまにあなた、すごいわ、玖美ちゃん」

「ええ、ええ、ラヴィソン」

生意気にファッションを学ぶ女学生だった頃、覚えたてのフランス語で、少し気のきいたものがあるとTout ravissant《トゥ　ラヴィソン》、きれいなものがあるとまたravissant、外来語を禁止された戦争中も、つい口にしてしまって、慌ててそれは人のあだ名ですと弁明したり。

「ほんとにラヴィソン、今日はなんてすばらしく美しい日なんでしょう」

微笑みながら、やっと二人、席に腰を下ろす。それでもお互いしばらく言葉はなかった。

「お兄ちゃんの家から話は伝わってきてたけど、会うのはいったい何年ぶり？」

しかし過去へとさかのぼる扉を開けば、そこからはもう雪崩《なだれ》のような会話だった。

「うちの孫の結婚式以来とちゃうかったかしら」

「ああ、そんな昔になる？……その時も、ちらっとしか会えなかったわね」

「そう、あなた翌日からニューヨークや、ゆうてた」

「思い出した、あたしが初めてアメリカに進出した時！　お孫さん、たしか七海ちゃんって言うのよね。あたしのドレスが海を越えて行く、まさにその時にぴったりな、縁起のいい名前。実際、あの後、七つの海を越えて、イタリアやフランスにも進出したんだもの」

「ありがたかったんはこっちこそよ。あの子に駆け落ちされたら困る、と騒いで、慌てて結婚式だけ挙げさせるのに、きれいなドレスを着せてあげるからって、あなたのドレスで釣ったようなもん。昔から女は、きれいなべべ着せてやるって言われたらコロリやからね」

「覚えてるわ。七海ちゃんも、立派に〝女〟だったわけね」

「そう、今では二人も子供ができて、ええお母ちゃんになってはる」

あれは互いに人生の節目といえる時代だったのかもしれない。仕事の大波に乗っていた玖美は海外へ雄飛。一方、母親としての窓子は、娘、そして孫娘が手を離れていく自立の時。どちらもその人生をかけて育てたものの巣立ちに立ち会っていたのだから。

「そりゃ七海ちゃん、幸せにやってくれなくちゃ。あたしのメッセージ、効いてるはずよ」

そういえば、鏡の前でウエディングドレスの仕度を終えた七海に、玖美は自身のデザインブックを贈ってくれたが、裏表紙にはサインとともに、そのメッセージが入っていた。

「――おしあわせに」

Tous mes vœux de bonheur.《トゥ・メ・ヴー・ド・ボヌール》、お幸せに、というフランス語が、すぐに窓子の頭に浮かんで消えた。

「あれはあたしのおまじないよ。言霊《ことだま》って、ほんとにあるのよ。心をこめれば言ったとおりになる。だから幸せを誓う結婚式はしなきゃだめだし、花嫁衣装も着なきゃだめ。セレモニーって、そういうものよ。だから七海ちゃんは、絶対、別れない」

たしかにそうだ。そのとおりだろう。だが同意する代わりに窓子は玖美に水をさす。

「ごめん、あのね、玖美ちゃん。孫の名前ね、……ナナミやあらへんの。七つの海って書いて〝まりん〟って読むんやて」

「まあ──。まりんちゃん？　ですって？」

あまり感情を表さない玖美が、初めて、驚きと笑いとをないまぜにした表情になる。

「うちはついていかれへん。流行りのキラキラネームとか言うらしいわ」

「いいじゃない、cristallin《クリスタラン》！」

たて続けに喋って、二人同時に爆笑した。

cristallin、きらきら光るスパンコールやビジューも、物資の乏しいあの時代、二人が大好きなものだった。

笑うと玖美は、ふっくらとした顔の中で目が弧を描いた線になり、まるで日本画の童女のようになるが、それも昔と変わらない。

「ついてこられへんのは、きっと孫や娘の方やね。ravissantだのcristallinなんて言うてるお祖母ちゃんなんか、ほかにおらへんものね」

「そうね、やっぱり若い頃に覚えたことって、しっかり根付いて、忘れないのね」

そうかもしれない、玖美を前にすると、年齢も立場もこれまでの日々も、すべてがはじけてふっとんでいくような気がする。

「マーちゃん、着物、いい感じね」

「ありがと」

「あたしは、主人がきみは着物は似合わないから絶対に着るな、っていうものだから、全部人にあげたり、処分しちゃった。——母はいつかあたしが嫁に行く時のためにって、けっこうな数の着物を作って箪笥にため込んでたから、がっかりしてたけど」

たしか玖美は、デザイナーとしての名が不動になった四十代で、人の紹介で大蔵省の官僚と結婚したのだった。そして十年ほど前、母親を見送るより先にその人と死別したことを、週刊誌で読んだ気がする。

「ほんと着物より、玖美ちゃんのそのターバン、インパクトあるもん」

「あはは。これも主人がね、きみはデザイナーなんだから、人に夢を与えなくちゃいけないからって、まずイメージを作れって言うんで選んだのが始まりよ」

主人が、と口にする時の、玖美の表情が可愛らしい。きっと、恋女房というのを男性に置き換えたような、大好きなボーイフレンドのような間柄であったことがうかがえた。

そういう人なら、昨日のショーを見て玖美をどう褒めただろう。いや、素直には褒めず、まああだね、なんて斜《はす》に構えるタイプではなかったろうか。そして玖美にはそれがいちばん嬉しかったに違いない。だとしたら、彼の代わりになるとも思えなかったが、窓子は最大限に彼女をねぎらってあげたかった。

「昨日の玖美ちゃんのファッションショー、――ほんまに、すばらしいの一言やわ」

それはため息まじりの感慨だった。

「やっぱりあなた、ただ者やあらへんかったわ」

今頃そんなことを言うのもはばかられるが、窓子は言わずにいられない。目の前にいるこの人は、この国にそれまで存在しなかったブライダルファッションデザイナーという仕事を立ち上げ、根付かせ、そして他者の追随を許さない第一人者として今もなおトップを走る人なのである。ブランド名は世界に知られているが、最近では特に中国に進出して大きな影響を与えている。その活躍は、芸能人が華やかな結婚式を挙げるたびに話題になっていた。

そんな彼女の記念すべきイベント、「佐倉玖美・50周年記念ファッションショー」が、前日、大阪の老舗ホテルの大宴会場を三間ぶちぬいて行われたばかりなのである。今思い出しても、その一コマ一コマが窓子を夢心地にさそう。

大阪じゅうの経済界人の妻たち、テレビでよく見るタレントたちがランウェイを囲むように陣取り、上方歌舞伎の花形役者が「助六」のパフォーマンスを演じるという派手派手しさ。日本を代表する華道家が花で埋めたステージを、数十人のモデルたちが闊歩《かっぽ》してはドレスの裾をひるがえしていく。

シルクサテンにカットワークの花、レース、ビジュー。こぼれるようなラメの布地に点滅するLEDまで。そこにはきらめくもの、美しいものがあふれていた。

「あれこそラヴィソン、クリスタラン。ほんま、ええもん見せてもろたわ」

どれだけ褒めても足りないが、玖美は、ふふっ、とはにかむように笑う程度だ。もっと得意がってくれれば褒め甲斐もあろうというのに、この人には満足という到達点はないのかとすら思えてくる。だがそもそも喜怒哀楽をあまり表に出さないのが玖美で、悔しくて声を上げるのも泣き出すのもいつも窓子の係ではなかったっけ。

「この道に入って五十年になる大きな節目だから、ぜひマーちゃんにも見てほしくて」

五十年。本当に、そんなにも長く、よくやってきた。ねぎらいを微笑みに込めて、玖美を見つめる。

めくるめく白いドレスの波、波、波。次いでカクテルドレスのカラフルな輝き。玖美が打ち出すウエディングドレスの究極のラインナップが頭をよぎった。

「なにより驚いたんは、最後の作品やったわ」

勢いのいい音楽に乗り、これでもかこれでもかと登場するドレスを堪能した後、照明も音楽もがらりと変わり、激しい津軽三味線のばち捌きに乗って登場したのは、着物、着物、着物のモデルたちだった。

豪華な縫い取りのある打掛や、箔で金銀の竹や松を押した琳派風、友禅でこの世の花という花を染め上げた打掛。

背の高いモデルたちが、日本髪も結わず大きな花をとりどりに飾った髪で、ひらりと裾を引いていくその軽やかさ。

「あれが、あなたのお兄さんの工房にたのんで作らせた友禅よ、マーちゃん」

京都にある兄の工房がクミ・サクラのドレスの素材として服地に友禅を染める話は聞いていたが、実際の作品を見るのは初めてだった。眺めながら、窓子はアッと言わされ、ひらめく友禅の打掛からたちまちのうちに目が離せなくなった。

なんという軽やかさ。なのに、なんという華やかさだ。魔法ではない。それは古典の持つ豪華さをテクノロジーが支えて実現した夢に違いなかった。いつか涙ぐんでさえいたのは、こうして兄が継承してきた伝統と、玖美のセンスとが、共鳴し融《と》け合う日が来たことへの感慨にほかならなかった。同時に、このコラボによって、兄の工房が持つ高度な古典的技術が滅びずに存続することへの感謝であったかもしれない。

着物が、ドレスの中で活かされている。全体は洋装のファッションショーのはずなのに、玖美の手によって、着物が、世界のどんな女が着ても美しくなるドレスの一つとして、みごとに完成しているのだった。

「マーちゃん、わかってくれた？　あたしが、クミ・サクラというブランドが、どれだけ日本の文化を大事にしたいと思っているか」

うん、うんと、窓子はただうなずいた。

かつて日本女性に、洋装の結婚衣装であるウエディングドレスを与え、この国の伝統衣装を衰退させた、などと悪口を書かれたこともある玖美だった。だが、それは衰退ではなく、新しい日本の衣装として発展させることだった。彼女の世界観を支持したのは、ほかでもない、この国の花嫁たちだったのだから。

「五十年も、あなた、ほんまにようやってきたわね」

今朝の新聞にも、絶讃の記事が載っていた。だが玖美が偉大であるのは披露されるデザインがその時々で斬新であるからだけではない、どんな時代にもcristallin、輝きを失わなかったことにこそある。

友としてずっとそれを意識してきた。だからこそ玖美が見てほしかったという胸の内もすべてわかった。

といって、成功した友を褒めちぎろうというつもりはない。二人の間に横たわる長い歳月には、互いにすぐには口に出して語れぬさまざまな思いが積み込まれている。けれどもそれらを飛び越え、ただ彼女に対して、今は敬服の念しか湧いてこない。そのことをこそ、窓子は素直に認めたいと思う。

「あなたもじゃない、マーちゃん」

慰めるように玖美は言うが、窓子はゆっくりと首を振るのみだ。

「うちなんか、もうご隠居や。——そやし、たまたま実家が呉服をなりわいとする家やったからね。それで、着物にかかわってきた、それだけのことや」

戦後の混乱期を生き抜くためには、ほかに生計を立てる道がなかった。

「だけど、花嫁衣装の打掛に目を付けたのはさすがだったじゃないの」

それも、ともに女学校で学んだ時代の賜物ではなかったか。昔は二人、無心に花嫁の絵を描いたものだった。そして和装の業界で生きていこうと思い立った時、花嫁衣装のみに絞ったことは、窓子なりの特異性の発揮であった。ゆたかになった国民生活を背景に、いっとき、窓子の手がける打掛は全国の美容室に置いてあるといっても過言でないほどゆきわたり、ビジネスとして成功を収めた。奇《く》しくも玖美と同じ、花嫁にこだわったことで成功したのは、二人の共通根といえよう。

「そやねえ。あの当時は、うちもほんまによう働いたわ」

昭和四十年代、それまで地方ごとに踏襲されていた結婚式の様式が、全国的に統一され平均化されていったが、花嫁の仕度をすべて請け負ったのは町の美容室だった。まず日本髪に角隠し《つのかく》、豪華な打掛を着る、というスタイルが定着する中で、窓子のビジネスは本流を走ったといえるであろう。

「お利口に伝統を守り継承したらやりとげられた商売やったと思うわ」

おかげで、夫を畳の上で看取ることができたし、一人娘の瑠璃子《るりこ》も学校を卒《だ》してやれ、一人前に育てあげられた。

だが時代の上げ潮を味方にした者は、また引き潮にも連れられて行く。

「バブルの頃からやったかしら、花嫁さん像は一変してしもたわね。個性とかいって、みんなが自分だけのオリジナルを追求し始めた」

「そうね、なにより、花嫁となる女たち自身が意志を持ち始めたから」

だからこそ玖美のデザインが世に受け入れられた。玖美が作るウエディングドレスは、それまでにないものばかりだったからだ。

「覚えてる？　ムッシュ河原崎の言葉。――〝職人ではなくアーティストたれ〟って」

「もちろんよ。オリジナルを創出する者になれ、っていう意味ね」

「職人はすでに確立したものを受け継ぎ、伝統を作る。でもアーティストは常に新しい。うちは職人で、玖美ちゃん、あなたは真のアーティストやわ」

慣習や通例に従うのではなく、若い娘たちがなりたいと願う花嫁への夢にぴったり寄り添うものを、玖美はみごとに生み出し供給した。そしてそれに反比例するように、昔ながらの和装の花嫁衣装は敬遠されていき、窓子の会社も、同業が増えたことやバブル時代の経営のつまずき、それにみずからの高齢もあって、何年か前に大手商社にブランドごと買収されたのであった。

そんな自分の五十年はただ時代のうねりとともに上下して過ぎただけのように思え、窓子の口調はいつか自嘲を帯びていた。

「負けは負け、って認めなあかんね」

無二の親友として、一緒にいるだけですべてをわかり合えた女学生時代。戦争で、東京と関西に離れてからは、まったく別の人生を生き、やがて高度経済成長の上げ潮に乗って、それぞれの才能を開花させた。別々の領域で道を探りながら、いつしか対立し合う業界の前線に立ち、対向し合う代表となった。そしてふたたび社会が引き潮を迎えるとともに、老女という年代になった今、こうしてまた別々の姿で再会した二人がいる。

時代の定めに、ただ流されてここまで来た窓子ではある。それに比べ、迫り来る時を常に追い抜き先頭を駆けてきた玖美のみごとさ。完敗でなくて何であろう。

なのに、そんな窓子の敗北宣言を、玖美は微笑みにくるんで返すようにこう言った。

「ねえマーちゃん。あたしたち、いつ競い合っていたの？」

え、と毒気を抜かれる。

「勝った負けたって、マーちゃんとあたし、勝負なんかしていたかしら」

その玖美の、まるで何事も起きなかった、と言わんばかりの淡々とした顔。

そうなのか？　初めから、何も変わらなかったのか？　何も起きなかったのか？　ふと、そんな錯覚が窓子の脳裏をよぎっていく。

では、自分たちはどこにいたのだ。何をしていたのだ。

窓の外、芝生の向こうを遊覧船が仕掛け細工のように滑って過ぎる。ガラス張りの屋根が、太陽のかげんで、きらり、反射した。

cristallin、思いがけなく光に目を射られ、ゆるやかに行く船の残影とともに、時がさかのぼっていく。

第二章　Brillant《ブリヨン》　輝ける日

玖美ちゃん、うちが〝狐の嫁入り〟の話をした時のこと、覚えてる？

うちら二人とも、おかっぱ頭の、まだ女学生やったねえ。

その日はお昼の授業までは晴れてたのに、お弁当の時間になって急に雨がぱらついて、みんなが「狐の嫁入り！」って叫んで校舎に駆け込み始めたんやわ。

それで、うち、子供の時に見た、同じような雨模様の日の花嫁行列を思い出したんよ。誰かが同じように、狐の嫁入りや、って叫んでお嫁さんを庇った記憶。強烈に胸に焼き付いた光景やったからやね。そう、Brillant《ブリヨン》。人の記憶って、ブリヨンなものほど、そないして忘れへんもんなんやね。

今でも同じ話ができるよ。坪庭の枇杷《びわ》の樹に白い花がこぼれるように咲いてたわ。そやから、あれは冬の初め。尋常小学校に上がるか上がらへんかの、幼い頃のことや。

織り屋や染め屋が並ぶ京都西陣の狭い通りに面した家の前。うちは近所の子供らと一緒になってしゃがみ込み、蠟石《ろうせき》で路上に絵を描いてたんやわ。碁盤の目状に家々が建て込んでる京都では、昭和の初めになっても、子供の遊び場といえばお寺の境内か家の前の路上と決まってたんよ。

絵は思いつくまま、女の子を描くんやけど、うち、けっこう上手やったから、いつか同じ年頃の子たちが見にやってきて、ぐるり、うちを取り囲んで眺めてる、という按配。

マーちゃん上手やなあ。今度はお嫁さんを描いてえな。——みんなは口々に勝手なリクエストをするんやけど、それに応えて蠟石を走らせるんが、うちにはもっとも誇らしい時間やった。

その時、誰かが大きな声を上げたん。

「お嫁さん！　お嫁さんが、来たっ」

子供らがいっせいに立ち上がって、うちの描いた稚拙なお嫁さんの絵なんかより、もっと現実的に心惹かれるものに視線を奪われ、騒然となって。

それは四つ辻の向こう、家々が作る日陰の中から、しずしず歩いてきはったわ。遠くで、朗々とした歌声が聞こえてた。長持唄《ながもちうた》、っていうんやと教えられたんはずっと後のことやった。子供心にも、悲しくはなし、そやけど大喜びするでなし、感情をおさえた男の声が、何か特別な時を彩って伝わってきたんを覚えてる。

今日はヨー　日もよし　天気もよいし
結びナー　合わせてヨー　ハア縁となるナー

美しく晴れた午後やったという記憶も、きっとその歌のせいやろね。

ゆっくりゆっくり、先頭の老人の黒紋付が日向の世界に染まって艶をなしていく。続く人々の黒い正装も、次々と木漏れ日の道から抜け出してくるんが、絵巻物のようやった。

ハアー　蝶よ花よと育てた娘
今日はナー　晴れてのヨー　お嫁入りだーエー

一族の中に声のええ人がいてはったんはなによりやった。歌に合わせるように進む行列の中央、正装した小柄な年配女性に手を貸され、まるで守られるような花嫁さん。それはうちが初めて見る「お嫁さん」やった。

白い角隠しに黒い裾模様の、神聖なまでに可憐な人。うつむきながら、周りの者より小刻みに歩を運ぶ姿がけなげに映り、もっとよく見よう、近くで見よう、そんな思いから、誰もがいっせいに行列に向かって駆け出していくねん。うちも夢中で後に続いたわ。

遠慮のないのが子供の特権で、すぐそばまで行けばあらためて、花嫁さんの拵《こしら》えの豪華さに目を離せられへんようになってしもた。

花嫁衣装の黒羽二重《はぶたえ》は、五つ紋が染め抜かれ、陶器のように白い右手でしっかりからげた裾模様は、吉祥柄《きっしょうがら》を染め上げた友禅。綴《つづれ》の白帯の腰に、結んで垂らした帯揚げの紅絹《もみ》がひときわ華やかに目を惹いて。

白い角隠しの下は櫛目もさやかに黒髪を結い上げた文金高島田。鼈甲《べっこう》の飾りがいく重にも挿されて輝く髷《まげ》の後ろで、金銀の水引の結び切りが天に向かって開いてて、ほんま、一分の隙もない装いの美しさに、何もかも忘れて、ただ見とれてたこと、忘れられへん。

花嫁さんは、この世の中で、別格のものや。教えられもせえへんのに、目にも心にも、そう刻み込まれてしもたんやわ。

その時、肌に、ぴり、ぴり、と落ちてくるものがあって、行列が乱れてさざめいたん。

「雨や、雨やっ。大事《だん》ないか」

黒紋付の羽織袴の老人が、歩みを緩めて振り返る。皆が天候を案じ、空へと目をやったけど、太陽はそこに隠れもない。そやのに、目の中を射るのは雨――。

行列の後ろから、素早く駆け寄る男の人がいてはって、あっというまに花嫁さんに赤い唐傘をさしかけ、くるんでしまう。まるで大切な大切なお日様を庇うみたいに。

晴れながら降る午後の雨。

その中を、止まることなく進む花嫁行列。

「狐の嫁入り、か」

誰かのつぶやきに、うちははっとして花嫁を見たんよ。

あれは、狐？

傘の下に、赤い唇だけがぷっくり小さく、艶めいて見えとった。

ハアー　ささナアー　お立ちだよ　ハアー　お名残惜しや

あとの親様　たのみますぞエー

不意の雨に乱れたのも一瞬のことで、一行は濡れながらも平然と、ゆるゆる進んでいくねん。そして、歌い終えた頃に、ちょうど表通りの帯屋の家に到着したわ。すると待ちかねたように家から黒紋付の人が出て来はって、行列を中に迎え入れると、見物の群衆に撒き餅を山盛りにした三方から気前よう配り始めるねん。わっと四方八方から手が出ても、どんなにがめつく奪われようとも、笑顔を絶やさず、三方が空になるまで配ってくれはった。

うちも、もろたよ。それはお餅と違《ちご》て、白い懐紙に包まれた金平糖《こんぺいとう》やった。

――うふふ、その金平糖のこと、玖美ちゃん、何度も尋ねたよねえ。覚えてない？

花嫁さんの配ったお菓子、食べちゃったの？　どうしたの？　って、そりゃまあ答えるまでしつこい質問。花嫁さん本体のことより、そのことだけが気がかりみたいに。

うちが、食べへんかった、と首を振ったら、玖美ちゃん、安心したみたいに、よかった、そんなきれいなの食べたりしちゃ駄目だわ、って、そない言うたよ。

ほんまはね、あとでこっそり食べるつもりで着物の袂に入れて隠してたんよ。でも、袂の中で溶けて、金平糖の着色がこびりついて、それでお母ちゃんに見つけられて、叱られて。うち、小さい頃は身体が弱《よお》うて、ようお腹を下しては心配させてたん。それで、外でお菓子をもらっても絶対食べたらあかんよ、って、きびしく言われててん。

でも花嫁さんのお菓子は、うちにとっては特別やった。そやから、捨てられたのを知って残念で悲しくて、こうして今になるまで覚えてるんや。悔しいこともブリヨン、けっこう覚えてるものなんやね。

よう玖美ちゃんと一緒に絵を描いたことも覚えてるけど、あれも、悔しかったからかなあ。うち、絵は上手かった方やけど、玖美ちゃんが描くデザインの垢抜《あかぬ》けぶりには、逆立ちしてもかなわへんかったからね。

　懐かしいわね。桜蘭高等女学校。あれもまちがいなく、うちにとってのブリヨン、輝くものの一つやわ。

　好きやったなあ、大正時代に建てられた瀟洒《しょうしゃ》な洋館。ええ女学校は京都にもあったのに、ここに入りたい、ゆうてわがまま言うて、入学したんやもん。

　教室の外のバルコニーは、休み時間は人気の場所やったね。その端っこから階下へ続く非常階段の上は、いつも玖美ちゃんとうちの特等席。大きな欅《けやき》の枝が屋根のようにさしかかってて、少々の雨なら避《よ》けてくれたし。

　そやから、急にぱらつき始めた雨に、ほかの生徒が先を争うようにしてバルコニーから姿を消しても、うちら二人だけ、そこに居残ってお喋りしていられたよね。

　周りに誰もいなくなって妙に静かになって、雨はまだ木の枝をかすめて降っているのに、見上げたらもう雲間からは太陽が出ていたわ。光の加減で、雲間のふちが虹色に染まり、なんともいえへん色合いなんや。〝狐の嫁入り〟の時は、いつもそう。

　そやから今も、うち、玖美ちゃんと一緒にその行列を見ていた錯覚をするくらい。

　そやねん、あの頃から、玖美ちゃんって、ほかの子とは違ってた。

　口数が少のうて、あんまり表情を動かさへんから、何を考えてるんかわからへん。

そやからゆうてみんなの中で浮くわけちゃうのは、どの教科でもちゃんとええ成績をとって、その独創性で、常に一目置かれたからとちゃうかなあ。

それにひきかえ、うちは一言喋ればこの関西弁でみんなに笑われた。そやから、ぜったい誰とも喋らへん、って孤立して口を閉ざしてたくらい。誰も助けてくれへんかったんは、今で言うイジメとちゃう？　子供って、笑えることに対してはどこまでも残酷やもんね。そんな時、初めてバルコニーで、玖美ちゃんが近づいてきてこう訊いてくれたんよ。

——どうして関西から東京くんだりまで来たの？

って。

いつも一人ぼっちでいるうちを、見るに見かねてのことやったんかな。玖美ちゃんって、表には出さへんけど正義感の強い人やもんね。

あの時代、うちの近所でも女学校に行ける子はごくわずかでね。行ったとしても、同じ京都市内の女学校。それが、うちだけ東京やったんは、ちょうど本郷に叔母ちゃんがいてはったからなんよ。信頼のおける下宿先があったから許してもらえた、っていう理由なんやけど、その結果がそんなふうに孤立した学校生活やったんやから、ほんまは情けのうて。絶対泣いて帰られへんってことだけ心に誓って辛抱してたんよ。

桜蘭高女には英語科と洋裁科、和裁科という三つの進路があったけど、さすが首都、すごい講師陣を集めてはったもんねえ。わけてもうちらの洋裁科のすごかったこと。欧州留学から帰った新進の画家によるデッサンの授業や、美大出の画家による色彩学、慶應出身の文学博士の西洋美術史とか。もちろんフランス語の授業も、ハマったねえ。ウチら生徒の返事や回答がよくできてると、ブリヨン、あるいはエクセレンって、フランス語で褒めてくれはる。たちまち真似して流行したよ。

けど、うちがわざわざ東京まで来た理由はほかにあったんよ。それは、お父ちゃんとの〝契約〟みたいなもん。お父ちゃんが用意した人生に、どないしても気が進まへんかったから。

大げさかな？　お父ちゃんの用意した人生、なんて言っても、あの時代にはあたりまえやった。女の子は嫁に行くものと決まってて、嫁に出すことで親の子育ても終了したんやもん。そやから親は、女の子が生まれた時から嫁に出すことだけ考えて育てたようなものやった。自分の子やのに人様の子を預かってるような心境で、せっせと嫁入り仕度なんかもして。

けどうちは、普通やない人生、みんなとは違う、劇的に自由な人生に憧れててん。甘いやろ。お父ちゃんにも何度も「何が劇的じゃ、あは言うな」ってどやされたわ。

駄々をこねたにすぎひんけど、いろいろ事情もあってお父ちゃんが譲歩してくれはって、女学校を卒業したら必ず普通に嫁に行くんやぞ、という猶予期限つきで〝契約〟は成立。

卒業したら十八歳。文句は言わずに嫁に行く。そやから女学校に在校する三年間は自由にさせてほしい。お父ちゃんはその間、立派な嫁入り仕度を調える期間にもなるし。

そんなことがうちには〝劇的〟やった。そやからこの三年をぼんやり過ごすつもりはないねん、って玖美ちゃんに言うたんやわ。あいかわらずの関西弁やったと思うけど、玖美ちゃんは笑《わろ》たりせえへんかった。それどころか、いきなり右手を差し出して、こう言うてくれたんよ。

――ブリヨン、ようこそ同志、カマラード。

あれには面食らったわ。

同志、って、何？　フランス語の授業は好きやったし、もちろん意味はわかったけど、なんでそれをうちに言うんか、すぐには理解でけへんかった。

玖美ちゃんが郊外から一時間もかけて通学してきてることや、そのせいでほかの子みたいに放課後に友達と遊んだりする時間もあらへんこと、その時知ったんやわ。

それからやったよね。気がつくといつも一緒にいるようになったんは。気が楽やったわ。あまり喋らへん玖美ちゃんやから、うちも喋らんでもようて、関西弁を気にすることもあらへんかった。それに、習いかけのフランス語が、けっこう二人の共通語になったよね。

でも、言葉のいらへん共通語ゆうたら、なんというても絵やったねえ。うちら、洋裁科にいたから、デザイン画をよく描かされたやん。うちはもともと絵は大の得意やったけど、玖美ちゃんが描いた絵は、どない言うんか、上手下手というより、絵の中のモデルがまとう洋服が、どれもハッとするほどすてきやったねえ。今と違って洋服ゆうてもブラウスにスカートしか知らへん生徒ばっかりやのに、玖美ちゃんだけはコートやワンピースまで、斬新な衣装を自在に描けたんや。

お互い、ブリヨン、の連発やったけど、うちがほんまに勝てたとしたら、それは、お嫁さんの絵やったね。

当時は文房具屋に行くと女の子用の「お絵かき帳」や「塗り絵」というんを売ってはって、けっこう夢中になったもんよね。初めからかわいらしいデザイン画が印刷してあって、それを好きなように色を塗っていくっていうやつ。帽子やバッグも、自分でコーディネートできるようになっていて、Ａラインのワンピースとか、サーキュラースカートとかあって、最後のページは決まって花嫁さんやった。

やっぱり女の人がめいっぱい飾っておしゃれできるのって、お嫁さんになる時だけやったからやろね。

事実、尋常小学校の頃、将来は何になりたいかという先生の問いに、男児は「兵隊さん」「先生」なんていろんな職業が出るにもかかわらず、女児は全員とゆうてええほど「お嫁さん」と答えていたものね。お嫁さんがその後どういうことになるのか想像すらせず、ただいっときの美しい姿にだけ憧れて。

でもね。美しいものというなら西陣に生まれたうちは、もっときれいなものを見て育ったんよ。そう、花街のひと。近くに祇園があったからね。

うちの描く絵、よく、うわあマーちゃん派手、って言われたね。そういえばあの頃から、人から見られる着物、見られて映える着物を考えてたんかもしれへんわ。

正月に新調する着物を選んだりする時も、柄や配色の派手なものを選んだら、お父ちゃんは必ず「そんな玄人《くろうと》ごのみ、あかん」とすぐに否定するんよ。けど、それって何なん？　女は人から注目されたりせんと、地味で目立たへん〝普通〟の素人《しろうと》女がええんやなんて、そんなん男の勝手な価値観やんか。

甲斐性もないくせに、その〝玄人〟の母にうちを産ませて、五歳になるまでほうっておいて、引き取ったとたん、〝素人〟の娘らしくと、ことあるごとにうるそう言われて、ほんま、うんざりやった。うちもお母ちゃんみたいに祇園に出る、と言って泣いてやったことがあったけど、思い切りほっぺたを叩《つこ》かれた。

うちに生まれた時の秘密を教えたんは、家で使てる染め子長屋のおばちゃんやった。おせっかいでお喋りな人って、どこにもおるねんな。あんたはほんまはよそで生まれた子ぉやけど、ここに来はったからにはちゃんとした堅気《かたぎ》の娘にならなあかんで、おきばりやすえ、なんて、優しい言葉をかけてるつもりでいちばんむごいことをした大人。

継母とは知らず「お母ちゃん」と呼んでた人が、それを知って、怒ってそのおばちゃんを長屋から追い出しはった。うちのことよう可愛がってくれはって、ほんまのお母ちゃんやと疑いもせえへんかったから衝撃的やった。その後すぐ病気になって死なはったんも、イケズなことしやはるさかいや、おばちゃんの恨みや、なんて、ひどいこと言われて、うちの気持ちは置き去りのまま。わけありの小さい子供の存在なんか、誰も気にかけることもなく悪意の渦がぐるぐる追いかけっこしながらふくらんでたわ。

子供どうし遊んでても、いざ何かあったら妾《めかけ》の子のくせして、ってゆうて攻撃的になる子も少のうなくてね。うちが一生懸命がんばって、ものすごく褒められて嬉しい気持ちでいっぱいになっても、「妾の子のくせに」の一言は、簡単にうちを奈落に突き落とす。妾のお母ちゃんから生まれた事実は、どないがんばっても消されへんやん。うち、できるんやったら生まれ直したかったよ。

そやから京都には、うち、あんまりええ思い出はあらへんねん。お父ちゃんも、それでうちを東京へ出してくれたんやと思う。学校にも行かんと青白い顔で家に籠もっている娘なんか、嫁のもらい手がないと思たんやろね。万事、嫁に行くことが価値観の基準やったから。

そんなんやから、女学校での生活が、よけいに輝いてた。誰もうちの出生のことなんか言う子はおらんかったもん。

多少、言葉のことを言われても、玖美ちゃんという友達もできたし、すっかり明るく元気になったし、ほんまにあの時代はうちにとってのブリヨン、輝く時代やったわ。けど――。

女学校時代、もう一人、輝きを添える人がいてはったよね。覚えてる？　忘れるわけはないわね。うちらのムッシュ河原崎。

「こらっ、またおまえたちかあ」

いつものバルコニー。のどやかな昼休み。ただただ晴れた空に、鈍色《にびいろ》の雲が行く下で、階段下から、威勢のいい男性教師の声がした。

「もう始業の鐘は鳴ったぞ。早く教室に集合せんかっ」

西洋美術史の河原崎洋介だった。

「これから校外学習だというのに、おまえたちだけ置いていくぞ」

二人、顔を見合わせ、慌てて立ち上がった。

「ま、待ってくださいっ」

そういえば今日は彼の受け持つ授業で、上野の美術館へ行くのだった。

二人は、先を競いながら階段を降りた。

「待て。おまえら、その帳面、見せてみろ」

二人がそれまでバルコニーで描いていた自由帳。例によって、デザイン画が好きに描き散らしてある。そのノートに向かって、河原崎は手招きしている。

「これですか？　ただの落書きですから、……」

「かまわん。見せろ」

言いながら、彼はもう窓子のノートに手を掛けている。玖美はと見れば、はかの時はあんなに泰然としているくせに、河原崎の前ではすくんでしまって、おずおずと差し出すノートがさかさまだ。

その日にかぎって、ノートの中はお嫁さんの絵ばかり。正課のノートにそんなものを描けば、きっと叱られるか嘲られるだろう。

二人は首をすくめておとなしく待った。だが河原崎の反応はどちらでもなかった。

「おまえたちには、これから美術館で見る絵は、ちときついかもしれんなあ」

ぱらぱらとページをめくって眺めた後、河原崎は同情するようにノートを閉じ、突き返すように二人に戻してきた。

叱られも褒められもしなかったことで、二人同時に落胆はあった。互いに顔を窺い合う。生徒たちにとって河原崎は、よくも悪くも関わってもらえることが嬉しい刺激になる存在だ。その彼が、淡々と通過して行ってしまうのが物足りない。

なにしろ当時まだ珍しいフランス帰り。噂では森鷗外の『舞姫』みたいに、留学時代にフランス人の恋人がいて、日本の両親に反対されて連れ戻された、などとまことしやかに伝わっていた。著名な画家とも親交がある一流の芸術家で、学校側からの信頼も大きく、またその分、発言力がある。その上、こんなご時世になる前は、襟元をトリコロールの三色で編み上げた白いVネックセーターが誰より似合うおしゃれな男で鳴らし、おませな生徒の中には、ひそかにあこがれる者も少なくない。

二人の期待や落胆に気づきもせず、彼はふたたび大きな声を出す。

「さあ、夢子に夢代、二人とも早く集合だ」

その時から二人にまとめてつけられたあだ名、〝夢子に夢代〟。むろん不服など言えもせず、はいっ、と条件反射で声を上げ、二人、まっしぐらに走り出す。

その日、窓子たち桜蘭高等女学校洋裁科の生徒十六名が、教師の河原崎に引率されて行ったのは、上野の東京都美術館だった。開催されていたのは、陸軍美術協会主催の「国民総力決戦美術展」である。

あの頃、窓子たちがまだファッションに夢を寄せていた少女の時代、世間ではもう戦争の色が濃くなり、贅沢を慎みましょうという風潮になっていた。七・七禁令、すなわち〝奢侈品等製造販売制限規則〟が出された昭和十五年以降、世の中はどんどん質素倹約に傾いていたのだ。

昭和十八年秋、状況の厳しさは窓子たちにも迫っていた。

どの女学校でも保育などの家事科目が重視され、英語は随意、という指示が出るご時世で、河原崎の受け持つ西洋美術史も、ただの美術史、と改題されていた。むろん美術館でも、西洋画の陳列はすべて取り下げられていた。

薄暗い展示室の中を、河原崎のほかに和裁科の女性教諭と男性の事務職、三名の大人が生徒たちを引率して行く。その先には、話題となっている一枚の絵が泰然と待ち構えていた。藤田嗣治の二百号の大作『アッツ島玉砕』だった。

到達するなり直立不動になった教師たちの背後で、窓子たち生徒も、あまりの衝撃に、動けなくなっていた。

アッツ島玉砕が大本営発表された日の夜、誰もがラジオで「アッツ島の決戦について」と題する放送を聞いた。きっとどの家庭でも、父親が胸を詰まらせ、母親が涙し、兄弟姉妹が感動で寡黙にならざるをえなかっただろう。その異様な空気を感じ取り、子供らもまた、いったい何が起きたか、尋ねたはずだ。

「押し寄せる敵軍は二万、対する皇軍はわずか二千。比率にすれば十対一の人員をもって、圧倒する物量で迫る米軍を、たった数門の火砲で迎え撃とうというのであります」

ラジオから流れる声は、子供でもわかる絶対的劣勢を、ただ大和魂のみで凌《しの》ごうという決死の戦いを伝えていた。

大カンバスには、その軍神部隊最後の突撃が、余すところなく描かれ、見る者を圧倒した。さいはての孤島に打ち寄せる波、累々と地を埋め尽くす敵兵の死体はまさに屍山血河《しざんけつが》。それを踏み越え、生きてなお戦う兵隊の憤怒の形相。

ある者は閃く軍刀を抱き、ある者は血しぶきを浴びて銃を立て、またある者は手榴弾を握り、一歩たりとも退く気配を見せない。その鬼気迫る画面の、暗い色彩の内に漂う透徹した空気。

彼らは遠い前線の島で、戦っている。国の正義を通すため、今この瞬間も、命をかけて。

思わず窓子は、傍らで呆然としている玖美の手を握った。

見れば、絵の前で手を合わせて拝む老婆がいる。いや、見回せばその人だけでない、多くの観覧者が感動にふるえながら手を合わせ、額縁の下には賽銭までも置かれている。

誰もが彼らの死闘に敬服し、そして彼らの死を悼んでいる。それはこの国の人間すべてが共有できる感情であった。

後にこの絵は戦争賛美、国民を戦争へかりたてた絵として糾弾されるが、窓子たちには、報復しようとか、戦意をかきたてられるとか、そんな気などまったく起きなかった。ただ戦争の凄惨さが迫り、命をかえりみない兵隊たちの気迫がひたすら崇高に思えただけだ。

どれだけの時間をそうしていればよいのか、絵から目を動かすこともできずにいたら、背後から、河原崎に声をかける人があった。

「やあ、洋介、見に来てくれたのか」

妙に気安い声を振り返ると、それは坊主頭に丸眼鏡の、ひょろりとした男だった。

だがその姿を認めるや、さっきまで恐ろしい顔をしてた河原崎が、弟のような素直な顔で近づいていき、二人、親しく握手をかわし合う。

「藤田さん。——まさか会場で、ご本人にお目にかかれるとは」

「いや、軍関係のお偉い方々も来られるんでね。対応役に、時々こうして詰めてるんだ」

どうやらその坊主頭の男こそが、この大作の作者、藤田嗣治らしい。

フランスへ渡り、芸術の都パリで名声を得た日本人画家。藤田の存在は、かねがね授業で河原崎が話していた。モディリアニやピカソ、ルソーといった、モンパルナスに住む一流画家とも親しく交わり、その画風を賛美されているという。ゆえに、日本画壇の頂点にいる画家と言ってよかったが、河原崎は、そんな偉大な男とも、それほどまでに親しかったのだ。

「うちの洋裁科の生徒たちです。なにか一言、頂戴できますか」

河原崎が乞うと、藤田は丸眼鏡の下でちょっと苦笑したが、真剣なまなざしを向ける少女たちに向き直り、話し始めた。

「みなさん、あのね。この『アッツ島玉砕』を描いていた時、わたしはキスカの撤退をラジオで聞いたんですよ。知っていますか、キスカ撤退」

同じアリューシャン列島の隣の島、キスカ島では、日本軍は米軍が上陸する前に、まったく無疵《むきず》で撤退できた。日本人なら誰でも、このキスカ撤退はアッツの英霊たちが守護してくれたのだと思っている。

「その時はね、自分の絵から、英霊がむくむくと動いて来るような気がして、自分で自分の絵が怖かったですよ」

みんな、鳥肌たてて聞いている。

「だから絵の前に線香を焚き、花をそなえて描き続けられたわけですね」

河原崎が補足で訊いた。ほんとうに、窓子たちの目から見ても、絵の中の人物たちは今にも動き出しそうな錯覚を覚える。

ラジオによればアッツ島では、決戦にあたり、怪我をしたり病に倒れていた兵は、足手まといにならないようにと、ことごとく枕を並べて自決したという。たとえ体は滅んでも、魂《こん》魄《ぱく》となって戦友とともに敵中への突入に同行する、と祈ったくだりに、国民は泣いた。

——指揮官である山崎大佐は、電信で上司に状況の報告に臨み、部下一同とともに、莞爾《かんじ》と微笑みつつ死におもむいたのであります。それを最後に、アッツ島の電信所は呼べど永久に答うることはなかったのであります。

まるで悲劇の芝居を中継するかのようなアナウンサーの声が、耳によみがえった者も少なくなかっただろう。

「大東亜戦争は、全国民が兵隊さんと同じように、こういうくすんだカーキ色の服を着て戦っているのであり、僕ら絵かきもこの腕がお役に立つべく努力したいと思っているのですよ。みなさんも、自分にできることで、務めてください」

世界にはとびきり美しい色もあるのに、今はカーキ色しか用いず、画家がその腕を国家のために捧げ、この戦争を戦っているのだ。

絵を描くとは、ものを生み出すとは、なんと壮絶な仕事であろうか。

生徒たちは感動して、はいっ、と返事をそろえた。

「ではこれより一時間、自由見学とする。その後は、またここに集まれ」

河原崎はそう言い、窓子たち生徒を残して、藤田とともに事務所の方へ消えた。

残され、すぐには動けない生徒たちへ、ほかの引率教師がことさらに補足した。

「みなさん、どうです？　大楠公《だいなんこう》の湊川《みなとがわ》における戦闘を彷彿させる絵でしょう？」

国語科の教師、多田照子だった。南北朝の戦いで、敗れると知りつつ最期まで後醍醐天皇に忠誠を尽くした楠木正成の奮闘は、修身の教科書にも出てくるから、窓子たち生徒もよく知っている話だった。湊川の合戦で足利尊氏勢に敗れた時、「七生報国」を誓ってみずからの腹をかっさばいて果てる正成の絶命のシーンは、少女ながらに武者震いさせられたものだ。

だがそれはそれとしても、生徒たちの反応が河原崎の場合に比べて鈍いのは、少なからず、多田のいでたちがかもす違和感によった。当今ではおしゃれだった女性教師たちも示し合わせたように絣《かすり》や木綿の着物になっているというのに、白いブラウスにグレーのタイトスカートという多田は、小柄なくせにふくよかな体つきを隠すことなく、いっそう女を強調しているように映る。

なぜ多田が引率についてきたのか、きっと河原崎目当てだ、と囁く声は、さっきも、〝ムッシュ組〟と自称する女生徒たちが、さかんにしなを作って話しかける多田を背後から睨みつける一幕になって現れたばかりだ。むろんムッシュの方でまったく相手にしないでいてくれるのが、彼女たちには小気味よいことこの上ないのではあるが。

「いやいや、まさに、〝銘せよ、この気魄。銃後一丸、英霊に応えよ〟でありますな」

一方、事務職の荒木文吉は、揉み手をせんばかりに多田の方へと近づいていく。

三角おにぎりのように尖った頭に丸眼鏡。生徒たちから直接月謝を徴収する役職だけに、生徒の家庭の経済事情も把握しており、貧富によって対応を変える卑屈で狡猾《こうかつ》な男だった。窓子も、鼻眼鏡越しにその狡そうな目で睨《ね》め上げるように見つめられ、「きみは、生みのお母さんは亡くなったの？」などと立ち入ったことを訊かれたことがあった。おそらく入学時に提出した家庭調査書や保証人書類などを閲覧しているに違いない。

溝鼠《どぶねずみ》のあだ名のとおり、彼を好む者などいなかったから、多くの生徒が無視したが、それは多田も同じこと。あからさまに顔をそむけて離れていく。それを荒木が「ねえ多田先生」

と追いかける様子に、さっきのムッシュ組からくすくすと笑いが洩れた。

なんでも多田の家は秩父の地主で、相当な山林を有する素封家《そほうか》だそうだが、片や荒木はどこの出とも知れず、多田の実家の財産をあてこみ尻を追いかけ回しているとの噂であった。

荒木が必死で多田を追いかけているのに、多田は河原崎しか見ていない。その河原崎はまた、多田など気にもかけない様子。パリジェンヌを相手にしてきた彼にすれば、寸胴《ずんどう》で脚の短い日本女に何の魅力もないのであろう。

大人三人が織りなすその構図は、実際には異性と話したこともない思春期の少女たちにとって、恰好の話題ともいえた。

おかげで、決戦の絵を前にしているというのに、不謹慎にも生徒たちがざわつく中、窓子はようやく玖美に視線をやった。そういえば、まだ手をつないだままだった。

「玖美ちゃん、大丈夫？」

手を離したが、玖美は動かない。覗き込んだら、なんということ、泣いている。

「――こんな、絶海の島で、援軍も来ず、どれだけ不安だったでしょうね」

絵をまっすぐに見上げながら、そうつぶやく。

そうだ、彼らの、死ぬしかない生き方。

だから画伯はこの絵を描くにあたり、斎戒沐浴し、毎日十三時間ずつ二十二日ぶっ通しで、面会謝絶で描いたとのことだった。

「ねえ、マーちゃん、あたしたちにできることって、何？」

画伯の話を聞いた興奮のままに、玖美が声を震わせて言う。

自分たちにできること。

おのおのがその本分を尽くし、国家の力となるように、とは、この戦争が始まるに当たって天皇陛下が発せられた『開戦の詔勅』の一節である。西洋美術史が専門の河原崎なのに、なぜか授業でこれを暗記させられた。声に出して読めば血が沸き立つほどに力強い文章だと、言葉の力を教えたかったのだろうか。その冒頭部分には、こうあるのだ。

――朕、茲《ここ》に米国及び英国に対して戦《たたかい》を宣す。朕が陸海将兵は、全力を奮《ふる》って交戦に従事し、朕が百僚有司は、励精職務を奉行し、朕が衆庶は、各々其の本分を尽《つく》し、億兆一心国家の総力を挙げて、征戦の目的を達成するに遺算なからむことを期せよ。

と。

陛下の将兵でもなく官僚でもなく、ただの〝衆庶〟、庶民や大衆の一人にすぎなくとも、この戦争には億兆の者が心を一つにして国力とならなければならない。現に画家は、その絵筆をもって、戦っている。

では、まだ子供にすぎない女学生の自分たちは、いったい何を？

窈子はこたえられない。フランス人をも圧倒した藤田画伯のような才能があるならともかく、未熟な女学生の自分たちに、何ができるというのだ。

だが玖美は、すでに答えを探し当てた者のすがすがしさで、こう言った。

「マーちゃん、手紙を書こう」

手紙——？　誰に——？　窈子がそう尋ねることは見越していたのだろう、玖美はきっぱりとした顔で胸を張った。

「東条閣下に、よ」

なおもぼんやりした顔でいる窈子を揺さぶるように、玖美が目を大きく見開いた。

「決まってるじゃない、東条英機総理大臣よ」

*

そうね、そんなこと、あったわね、マーちゃん。

東条英機に手紙を出すなんて、ずいぶん大それたこと、やったわね。でも真剣だった。拝啓、東条大臣みもと、……どうかどうか、ぜったいにこの戦争に勝ってください、勝って、この兵隊さんたちの魂にむくいてください、って。

あたしたちにできることって、それだったわ。

兵隊さんや大臣たちと一緒にあたしたちの本分を尽くし、征戦の目的を達成するために激励の手紙を書く。それが、億兆が心を一つにする第一歩だと信じたの。

今の若い人にこんな話をしたらね、先生って軍国少女だったんですね、ギャップがおもしろいですね、って笑うのよ。でもあたしたちの時代が全部、そうなっていたものねえ。

東条英機といえば戦後はA級戦犯ということにされて絞首刑になったけど、当時は総理大臣、雲の上の人。でもあたしたちムッシュの授業で、あの人の名で告諭された『戦陣訓』を、全文、暗誦させられて、がっちり、身体の芯に埋め込まれてたじゃない。だから、知らない人のような気がしなかったのかもね。

ほんと夢見る夢子。世界は自分たちの大きさに合わせた規模でしかなかったのね。

「諸兵心を一にし己の任務に邁進する」「陣地は死すとも敵に委すること勿《なか》れ」、そして、「生きて虜囚の辱を受けず」。

ああ、今でもすらすら言えるわ。女学生でさえこうなんだもの、あの絵の中の兵隊さんたちは、まさにそのおしえを体現すべく、必死の形相で最期の瞬間を生ききったのね。

勝利か、然《しか》らずんば死。

絵の持つ影響力って、ほんと、すごい。見たこともない遠い遠い島で、国のために戦う兵士を思って、国民たちが深い敬意と哀悼を示す。一億の気持ちをまとめるのに、千の言葉はいらない、たった一枚のクリスタラン、すぐれた絵があればいい。そのこと、身をもって学んだわ。ムッシュ河原崎はきっと、それを教えたかったのね。

でも実際に手紙を書いて先生に持って行ったら、啞然とされたね。

先生としても、あたしたちが真剣なのを見て突き返すわけにもいかないし、といってほんとに内閣へ届けるわけにもいかなかっただろうし。

でもムッシュは、廊下であたしたちを呼び止めて、大まじめに訊いてくださったわね。

「こら、夢子に夢代。いったい手紙には何を書いたんだ。誤字はなかったろうな」

大好きだったね、ムッシュの笑顔。美術史でもデザイン画でも、褒めてもらうと奮い立つ思いがしたわ。

その後まもなく、あのダンディなムッシュも暗い国民服で学校に来るようになって、なまじ男前だっただけになんだか無残だったわね。若い時に患った肺病の後遺症で徴兵されずにいたのも、フランス留学の経験のせいでスパイ容疑をかけられていたのも、相当、心苦しかったんじゃないかしら。なんでも母方が華族のお家柄で、当局からは大目に見られているとの噂だったけど。

女学生に『開戦の詔勅』や『戦陣訓』を暗誦させたりしたのも、その埋め合わせ、一種のデモンストレーションだったのかしらね。それにしては私たちへの押しつけでなく、軍国主義の精神論みたいな文章にも〝美〟を見つけさせたのはムッシュならではと思うけど。

その後、ずいぶんたってパリで偶然、ムッシュにお会いすることがあったのよ。戦後、世の中が落ち着いて、あたしがまだふらふらと、何を生涯の仕事にするか決められずにいた頃のこと。

ともかくファッション以外の仕事はするつもりはなかったから、一流になるならパリで、って考えて、それで一年ばかり留学したことがあるの。ちょうどムッシュは、和紙を使った独特の技法の絵が評価され始めたところ。別人のように明るかったわ。

その時にね、藤田画伯のその後を聞いたのよ。

戦後、日本の画壇から戦争を賛美し戦争に荷担したってことでひどく糾弾されて、あれだけの巨匠が、国家のあらゆる名誉や役職を剝奪されたのですって。

戦争に荷担――。それはそうかもね。あの時代、日本人全員が億兆一心、まさに総動員で戦争をしていたのだもの。だけど、戦争賛美、というのとは絶対に違うと思う。画伯の絵はちっとも美しくなかった。ただ悲しいだけ、凄惨なだけ。なのに胸に迫ってきた。だからあたしたち、やむにやまれず東条英機に手紙を書いたんじゃない、ねえ。

そんなことから日本がいやになって、パリに飛び出してしまわれたそうよ。

もっともなことだと思うわ。日本では誰も、神と交信しながらキャンバスを埋める藤田画伯のすごさなんか、わかりゃしなかったのよ。嫉《ねた》みもあったはず。島国根性っていうのかしらね。この国で一人輝き、クリスタランであることは、周囲を目くらましに陥れることなのかもしれないわ。

ムッシュがそう言ったの。日本では、みんなが平均的に粒がそろって、抜け駆けしなければうまくやっていられる。でも一騎、抜きん出てしまえば嫉まれ、足を引っ張られ、潰される。おまえはそんなものにつかまらないで抜きん出ろ、って。

誰も追いつけないほど飛び抜けてしまえばいいんだ、っていう一言は、ご自分自身への戒めだったのかもしれない。だってムッシュは、藤田画伯を追いかけるようにしてパリへ来て、フランス人が知らなかった和紙を用いてその作風を確立したんだもの。でもあたしはね、その頃はまだ、何をどうすればいいかわからなかった。クリスタラン、自分が皆と違う、抜きん出た者になれるなんて、思えなかったし。

帰国して、旧友たちのその後も風の便りに聞こえてきてね、結婚もして子供も産んで、家のためにがんばってるマーちゃんが、ずっとずっと偉大に見えたわ。ほんとよ。二十代だったんだもの、若かったわねえ。

ともかく藤田画伯は、移り住んだフランスでその才能をとても大事にされ、尊敬もされて、結局、日本国籍を捨てて、フランス人になってしまわれた。レオナール・フジタってお名前よ。きっと、長い洋行のはてに、帰るべき国を失《な》くしてしまわれたんだと思うわ。ほんとに、日本は敗戦を境に、違うものになっちゃったんだものね。

でも、だからこそ懐かしいのではないかしら。もう、ここにはない時代、取り戻せない日本だからこそ。

そういえば——、あの時代、あたしにはもう一人のクリスタランがいたわ。

淳之介さん。そう、マーちゃんのお兄さま。

今こうやって一緒に仕事ができるようになるなんて、あの頃は想像もしなかったけど。

八つ違いの兄淳之介は、誰にも優しい男だった。

当時はすでに京都の工芸学校を卒業し、皇室にも献上する大手の帯製造会社「今井織物」に就職していて、仕事でよく東京に来ていた。都内の官庁の壁布やあちこちの会館や体育館の緞帳《どんちょう》も、多くはこの会社が製造しており、彼はその営業部に配属されていた。二十三歳、絵や文学を好むすらりとした青年だったから、京都でも東京でも、行く先々で若い娘の視線を集めた。

けれど、身軽な月給取りは仮の姿で、父親が営む「染め匠・高砂」の四代目を継ぐ前の修業であるとわかれば、皆がふうんと納得した。いわばその時代の淳之介は、いずれ収まる場所に就くまでの執行猶予期間。見聞を広めるという大義名分で、かなり自由にしていたようだ。もっとも、子供にすぎなかった窓子には、その詳細はわからないが。

ほっておいても女が寄ってくるタイプの男というのは確かに存在するようで、会社のつきあいで行ったカフェの女給や出張所の女性事務員が夢中になって入れあげてきたという話は掃いて捨てるほどあったらしい。相手の目をじっと見つめることのできる優しいまなざしを始め、相手の美点を必ず見つけて尊重する態度は、ムッシュ河原崎と共通するものだったかもしれない。彼もおそらくクリスタラン、美しいものを好む種類の人間で、ムッシュが何くれとなく窓子たちにアドバイスの手を差し伸べたように、ふれあう女たちを美しくしたい、手伝いたい、との思いが女たちには伝わるのかもしれない。

父親の辰治が黙認していたのも、息子の美的センスがそう安易にはつまらぬ女に引っかからぬであろうと確信していたからに違いなかった。それにいずれ家業に戻れば自分の監督下に置くのだから今は大目に見ようという親心でもあり、なにより、東京の妹の家に下宿させた窓子の様子を時々見にやらせるには都合がよかったということが大きい。そのため、いつも上京する時の淳之介は、衣類に限らずたくさんの食糧などを提げてきて、叔母を喜ばせた。

だがそれだけではない。美を追求するのに妥協しない彼が、染めの古典を踏襲する父親の姿勢に反発し、西陣の同業の若手で「経緯の会」という勉強会を組織し、新しい技法やデザイン、海外の動向などをさまざま学んでいることは、父の苦々しい愚痴で知った。

「染め屋の息子が学校なんか卒《だ》してやっても、あないして余計なことしかやりよらん。こんなことなら学校なんかやらんと、早《はよ》うから職人にしといた方が、なんぼか稼いできたやろに」

しかし父が多少のいまいましさを滲ませて語る淳之介のことが、年の離れた妹の目からは実にたのもしく痛快で、窓子は父に対する以上に信頼し、誇りにもしていた。

叔母の道子にしても同じで、夫を亡くし、息子が遠い台湾へ赴任していった後だったから、女一人の寂しい住まいに窓子が下宿してくれていることはもちろん、このすっきりとした甥が定期的に訪ねてきてくれることはなにより心丈夫なのだった。

そんな窓子の〝東京の家〟へは、玖美はたまにしか遊びにきたことがないのに、運よく淳之介が上京してきている時に当たった。そしてどういう流れであったか、淳之介が営業用に持ち歩いている生地見本帳を、二人に見せてくれたことがあった。

「ええもん見せたろか。これは裂《きれ》見本。織りなす布の〝窓〟なんや」

そう言って開いて見せた、厚さ十五センチにも膨らんだバインダー。そこにはおびただしい数の見本布が貼ってあって、そのボリュームを成しているのだった。

一つ一つは二寸四方の、小さく切り取られた布地である。見開きのページに十二枚ずつはあったろうか。

無地もあれば地模様だけのシンプルなものもあり、かと思えば、露芝《つゆしば》柄を染めた薄い羽二重に、金糸銀糸を使った緞子《どんす》の織り地と、実にさまざまな布地と意匠が展開して、見飽きない。それぞれ、そんな小さな面積の中で気品や華麗さを放ち、さまざまな表情を見せる柄の妙を展開していた。

たしかにそれは〝窓〟だった。部分だけがちらりと見えて、全体を知ることはできない。

「いいや、違うで。あとは想像力や。窓を覗き込んだら、想像するんや。そのちっぽけな裂がどんな大きな布の中の柄行きになるか、それで何が作れるか。世界全体をその目で見るんは、人の想像力しかないんやで」

そのとおりだった。小さな布のかけらからは、王侯貴族の身を包む衣装が見えることもあれば、小さな文箱《ふばこ》を覆う袱紗《ふくさ》も見える。

「お兄さん、あたし、また見せてもらってもいい？」

ブリヨン、と一言、感慨を口にしただけで、単刀直入に自分の望みだけを伝える玖美の目が驚きに満ちていた。

「お安いご用や」

高価な反物が女たちをなびかせると知っていた淳之介も、こんなもので女学生の心を捕えたことが意外だったのだろうか。気安いまでの快諾が窓子も嬉しかった。そして、それ以来、窓子が兄の上京を口にするたび玖美は窓子の家に立ち寄るようになる。


だってマーちゃん、あの見本帳、ほんとにきれいだったじゃないの。

金や銀の糸。重厚な織り。もちろん、あたしの家にも祖母や母の着物はあったよ。けど、見本帳にあったのはどれも、あたしがそれまで見たことのない華やかさだったわ。

当然よね、家にあるのは普通の主婦が着る普通の着物。淳之介兄さんが仕事にしてたのは緞帳のような大きなもので、たまに着物であっても、浅草や深川の玄人筋のために考えた新作や、山の手の良家の方々のご依頼の品だったんでしょう。そりゃあ、きらびやかさが違って当然だわ。

といっても、戦争中で、そんな見本を持って行っても、だんだん売れないようになってたんじゃないかしら。贅沢は敵、って言われるようになってた時代だもの。お兄さん、仕事でその見本帳を広げられない分、あたしたちに好きなだけ見せてくれたような気がするの。あの時、淳之介兄さんが言ったこと、よく覚えてるわ。

「今は絣や紬《つむぎ》どころか、人造のスフみたいな布で我慢してる時代やけど、戦争さえ終わったら、みんな、きれいな着物が必ずほしくなるに決まってる。そやからその時のために、贅沢なものを作る技術を忘れんようにしとかんとな」

そのとおりだわ。人の技術って、一度とだえたらまたゼロからなのよ。だから誰かが体で覚えて、残さないといけない。そのこと、お兄さんから学んだわ。

日本の布の美しさ、緻密さ、洗練度、こんなのほかの国では絶対作れないんだもの。それに着物って、生きて暮らして行くには絶対必要なんだし、次々消耗するし、戦争中でも、軍やそれなりの方々からの注文はあったはず。だからどんなに細々とした状況になってもやめようとは思わないって、強く、言ってらした。それはね、おじいさまの言葉でもあるんだってね。

明治に西洋文明が流入して、ちょんまげを切り、お歯黒をやめ、あらゆる伝統風俗が打ち捨てられた時代だったとか。おじいさまは、日本という国がこの世にあるかぎり着物はなくならない、そう断言なさったんですってね。それって、国と着物が同じ意味ってことでしょう。着物イコール日本、着物は日本の文化そのもの、ってことよね。

「そやし、ただ体を包めたらええだけの布なんて寂しいやんか。同じ着るんやったら、美をほどこし、粋を注ぎ込むことで、嬉しい気持ちになったり幸せな気持ちになったりした方がええやん。同じ売るなら、そういう、心の満足までも供給する着物を売らんとなあ」

なんだか、胸がキラキラした。——まちがいなく、〝クリスタラン〟ね。

今思うと、お兄さんは〝夢子のあこがれの人〟だったのかもしれない。だって、女学生が年上の男の人に触れる機会って、めったにあることじゃなかったもの。第一、お兄さんは初めから大人で、あたしもマーちゃんも子供で小さくて、手を伸ばしても届かない星みたいな存在だった。だからこそ、見上げればいつまでも光り続けたんだと思うの。

　実はいつだったか、都内へ母に買い物に連れて行ってもらった時にね、日比谷でお兄さんを見かけたのよ。すらりとしたきれいな人と並んで歩いてらして、まるで映画から抜け出したみたいな二人だった。お兄さんの見立てなのかな、大きな椿の柄の着物がすてきで、思い出しては何度もスタイル画に描いたくらいよ。なんだか胸が苦しくて、そうせずにはいられなかったの。

　ただね、その時、てきめん、国防婦人会の襷《たすき》をかけたおばさんが近づいていって、贅沢は敵です、袂を切りましょう、って鋏を突きつけてたわ。

　だめよね、どんな状況になっても日本人が着物を否定しちゃ。あたしね、ウエディングドレスという西洋の衣装を作ってはいるけど、お兄さんが言った言葉、ずっと忘れなかったわ。ほんとよ。だから海外に進出した時も、一貫して日本の着物のよさ、着物の美しさを表現し続けてきたつもり。

　あの後、日本は戦争に負けたけど、こうして国は続いている。としたら、やっぱり着物はなくならないのよ。残るのよ。その言葉、あたしの五十年の仕事の中で、ずっと輝き続けてたわ。

祖父の話に触れられた時、窓子の胸には苦い思いが滲んでいった。

窓子に対しては厳格で、密なふれあいなどなかった祖父である。娘を苦しめた妾が産んだ子供なのだから、窓子は見たくない存在だったのかもしれない。祖父について知っていることは、すべて兄から聞いたことばかりだ。

京都は長く天皇の住んだ土地だから、町の職人にすぎない祖父でもいっぱしの勤王がしみついていたようで、文明開化で皆がちょんまげを落として洋服を着るようになっても、着物はなくならない、天子様の国は不滅だと揺るぎなく信じていたそうだ。

そのくせ文明にはすこぶる弱く、ジャカード織りの機械をはやばやと見学するや、業界がまだ半信半疑というのに、代々の職人が三百年間やってきたことがすっかり変わると確信し、染めの分野でそれに相当する革命的な機械がないかと模索したそうだ。その量産をこなすための電力を導入したのも町でいっとう早かったとも言われている。兄はおそらく、そんな祖父をずっと意識していたのかもしれない。

ただし、設備投資におそろしいまでの融資を投入していたから、店の経営はいつも借金まみれ。収支が健全になるのは、次の代、昭和になるまでかかってしまった。

そのように剛胆で、借金もおそれず大がかりな近代化に挑む二代目を見ていたら、三代目がきゅっと小さくなるのも無理はない。事実、窓子の父の辰治という人は、〝守り〟を役目として登場させられたような人だった。

もとは東山の餅屋のせがれで、幼くして西陣の「染め匠・高砂」に奉公に入ったが、ひたすら真面目な働きぶりを主人に買われ、二代目のひとり娘の婿養子となったのだ。すぐに淳之介という跡取りもできたことで、自分の役目は果たしたと思ったのか、ある日、組合の接待で行った祇園の座敷で、一人の芸妓に出会う。窓子の母だ。襟替えがすんだばかりのおぼこい芸妓で、若い二人はすぐに恋に落ちたらしい。とはいえたびたび座敷に上がることもままならず、掟破りで隠れて会って、とうとう店の金を使い込んで芸妓を落籍《ひか》せるに至る。岡崎に質素な仕舞屋《しもたや》を買って囲ったのは、人生最大の〝攻め〟だったであろう。

彼女が亡くなり窓子がひきとられてきた時、いくらおとなしい正妻とはいえ、家の中はぴりりと緊張が走っていたはずだ。皆が自分を見る視線が突き刺さるようだったことを、子供心に覚えている。そんな中、淳之介だけは優しく、一緒に羽子板を打って遊んでくれたりした。後になって彼は、人形のような女の子がその日から妹になると知って嬉しかったんや、と笑ったが、それが淳之介という人柄を表し尽くしていると言ってよいだろう。いくら血のつながった妹でも、かわいいと言われて嬉しくない女はいないのだから。窓子は一度にこの異母兄になつき、母のない寂しさをまぎらしたものだった。

そんな彼だったから、玖美が惹かれたのも無理はない。

叔母の道子はつましい寡婦の暮らしだったが、淳之介が来ている時はおおらかになり、窓子や玖美が淳之介を囲むようにして話を聞きたがるのを楽しそうに見守っていた。

この柄はおじいちゃんが取り入れたゲルマン諸侯の城のタペストリーの構図、こっちはローマ教皇の法衣の模様、こっちはリヨンで今も織ってる紋章の柄、などなど、驚きに満ちた裂のいわくを淳之介が語るたびに、二人は食いつくように質問攻めにしたものだ。

彼が見せてくれるヨーロッパの柄はどれも垢抜けて、大きな着物地になればどんなにすばらしかろうと想像が広がった。西洋も東洋も、着物をただ人間の身を包むものとしてだけでなく、より美しく、豪華に、格式高くと、持てる美意識をこらしてきた歴史は同じなのだ、そう語り合って話もはずんだ。

「マー子も玖美ちゃんも、こんな話、ここだけやで。外では絶対、したらあかんで。なんせ敵性文化を褒めるんは、国家反逆罪の始まりやからな」

少女たちの求めに応じ、たっぷりヨーロッパの美しい布のいわれを話しておきながら、淳之介は、最後に釘を刺すことも忘れなかった。リヨン、教皇、タペストリー。〝夢子〟たちが胸ときめかせて見たり聞いたりするものはみな、戦時下では、日本が戦っている相手の国の、〝敵性文化〟に相当するからだった。

「どうしてブリヨンやクリスタランは、みんな敵性文化の内にあるんだろ」

悲しくなって、玖美がぼやく。すると淳之介は首を振って、こう言った。

「玖美ちゃん、違うで。すぐれたもんは、日本にこそあるんやで」

そして、ほら、ここに、と指さした。見本帳を。その内に内包される生地の数々を。

その瞬間、玖美にも窓子にも、二人同時に、見本帳の中からはらはらと四角い布が飛び立つのが見えた気がした。

それは風の流れにさらわれ集まり、とぎれない一枚の布になって流れるまぼろしだ。布は二人の少女たちの夢想の中で、天上高く空へと吹きすぎ、晴れの太陽を覆って包む雨のつぶになって消えた気がした。


あの小さな裂《きれ》ね。

うちも京都で、よう工房に忍び込んでは落ちている裂を拾って集め、いろんな衣装を空想したりしたもんや。

いじめられて、学校に行けず、西陣の家に引き籠もってばかりいる頃のこと。

近所の織り屋から聞こえる機織りの音が、ひどく優しく心に響いてね。そうっと家を抜け出て覗いてみると、昔ながらの天井まである高織り機が巨人のように居座っていたり、せわしないばかりのジャカード織機が規則正しく、がしゃがしゃ、たゆまず音をたてて動いていたり。

「また来てはるわ」

中で働く職人に見つかれば、後で父から「よその家の仕事を邪魔したらあかん」と叱られるんが常やったから、すぐ逃げ出すんやけど、そのうち職人の方で、

「嬢《とう》さん、これ、持っていき」

と、きれいな裂ばかり取り置いてくれはるようになって。

光平さんていう、丹後から来た若い職人さんで、ふだんは無口に機に向かうだけの人やのに、祇園祭ともなると、率先して人の前で動く奇特さやった。宵山《よいやま》の夜には、囃子方《はやしかた》の一人として山鉾《やまほこ》に乗り込み、ずらり並んで鉦《かね》を叩くんやけど、山鉾の灯りで光る額の汗と、いちずに打ち込むその目の真剣さに、見てるうちまで胸が高鳴ったんを思い出すわ。

聞こえてくるわ、祇園祭のお囃子が。うちはまだ十三ほどの子供やった。光平さんは、お兄ちゃんより一つ年下やったから、もう二十歳にはなっとったはず。背ぇが高《たこ》

おて四尺八寸、体も丈夫で、兵役検査も一目で甲種合格とわかる偉丈夫やった。

思えばあれがうちのクリスタランやったんかしら。

織り屋が並ぶ通りの路地で、うちはいつものように絵を描いてて、時々立ち上がっては、工房を覗くねん。そこは優雅な要素なんか一つもない、繁雑な生産の場やったけど、染め屋のわが家はまだ比較的静かなもん。けど、織り屋の工房は違《ちご》てた。まるで生きている証のようにがしゃがしゃとせわしなく動く機械は、その音自体が流れる血潮の脈動のようで。

なにより、織機の前で一心に働く光平さんのあの横顔——。

経糸、緯糸、食い入るように見つめながら素早く機を動かしていくその手業は、なんや獰猛《どうもう》な生き物を手なずけ一緒になって呼吸する猛獣使いみたいで、見飽きひんかった。

ほかに遊び友達もおらんかったし、そこは一日中音を聞くだけで過ごしても退屈せえへん場所やったわ。思えば、あそこがうちの子供時代の唯一の居場所やったんかもしれへん。

時折、光平さんが顔を上げてこっちを見るねんよ。見つかった、と思ったら慌ててしゃがんで、また道に絵を描く。そんなことの繰り返し。

ろくに口をきいたこともなければ近くに行ったこともない。そやのに、あれはどういうなりゆきやったんか、ある時、お風呂帰りの光平さんとばったり出会ったことがあって。

職人長屋へと続く路地は、まだ日没前の明るさで、軒で風鈴がちろりんと微《かす》かな音をたててたわ。光平さんは洗ったばかりの短い髪がつんつん立って、手ぬぐいを首から下げたランニング一枚の姿。片手に風呂桶、もう片方の手でラムネを飲み飲み、下駄を鳴らして歩いてくるんが、まるで別人みたいに明るく見えて、うち、呆然と立ってたんやわ。

狭い路地で、正面と正面。目と目が合って、そしたら、いきなり、「飲むか」と光平さんがラムネの瓶を差し出してきやはった。

そんなん、光平さんが口つけた瓶で、飲まれへんやんか。ただでさえ、家の外で勝手に飲み食いしたらあかんと言われてたのに。

そやのにうち、こくりとうなずいて手を出したんは、お風呂上がりでてかてか光る光平さんが傾けるラムネの瓶が、特別に澄んで見えたんかもしれへん。

ラムネの玉は、うちの心に反してうまく動かず、瓶の口を塞いで、いっこも飲まれへん。

れはった。

「へたくそ」

そう言って、光平さんが瓶を取り上げ、傾けたままうちの口にそっとあてがってく

その清涼感。喉に一気に穴が空いたような気がしたわ。

急激に傾けてラムネの玉が瓶を塞いでしもたら中身は出えへん。ほどよく倒して玉を浮かせたんなら通り道ができて中身が出る。そんな簡単な構造も、うちには手品のようやった。

その時お兄ちゃんがうちを呼ぶ声がしたん。光平さんが、ちらり、そっちを振り返ってからラムネの瓶をかかげて、こう言わはったん。

「兄貴には内緒にしとけよ。今度は一人分、買《こ》ぉたるからな」

言われたとたん、そうやうちは光平さんが口つけた瓶に口つけて、間接的にキスしたんやと思ったら、急にかあーっと熱くなって、にこり笑《わろ》てはった顔もまともに見られへんかった。

そやからそれは二人の秘密。もちろん、お兄ちゃんは全部見てたかもしれへんけど、うちは、光平さんが今度ラムネを買ぉてくれはる、それを信じて、お兄ちゃんからそこで何をしてたか問い質《ただ》されても、黙ってた。

結局、光平さんに買ぉてもらうことはなかったけど。

次の夏、光平さんに召集令状が来たから――。

昭和十七年、ちょうど祇園祭の最中で、鉾建てを例年より繰り延べたり、宵山の点灯を中止したりと、戦争による自粛が目に見えてわかる夏やった。それでも、その年が最後の祭りになるとも知らず、各町では準備にせわしなかったよ。

当時は祭りの囃子方には各家から一人、出さなあかん決まりで、光平さんは雇い主の織り屋の家から代理で出されて、何年も鉦を叩いてきやはったけど、その年から念願の笛を吹けるようになって、熱心に稽古してはったとこやった。

なんもそんな時に召集するやなんて――。

けど、戦争やもん、誰も文句は言えへんかった。戦況は国民の人間らしさなんか考えもせんかったもの。

コンチキチン、鉦と笛とにみやびに囃され巡行していく山鉾が、一つも灯りをつけてへんのが、その大きさゆえにかえって不気味やった。それが最後になるとは誰も知らんと、きりり、そろいのゆかたに身を包んだ囃子方の中に、うちは光平さんの姿だけを目で追ってた。

その後、うちは東京の桜蘭高女に入ることになって、光平さんのいやはらへんようになった織り屋の工房ともお別れした。そして京都の町も、その年を最後に、祇園祭は中止になり、光平さんも、二度とは帰ってきやはらへんかった。

今もラムネの瓶を見たら、ころりと動く玉の向こうに、つんつん立った洗い髪の光平さんの笑顔が透けて見える、そんな気がするねん。祭り囃子の音と一緒に。クリスタラン。あれは、初恋っていう名の、輝く時間の一コマやったんかしら。

第三章　C'est glauque《セ・グローク》　青ざめた時代

過去へ、昔へ、あの時代へ。

向かい合い、話し出せば、もう周囲のことなど目に入らないほど、二人の意識は遠くに運ばれている。今、目の中にあるのは、お互い、セーラー服の女学生でしかない。

「祇園祭は、今も続いているわよねえ」

確かめるように玖美が訊く。

「うん。戦後、復活したけど、お金はかかるし、人は少なくなるしで、問題は多いみたいやけどね。千百年以上も続いた伝統を、守って、先に伝える努力も、たいがいやないわ」

ふうん、とうなずき、しばらく黙り込む二人。

そんな様子をはばかるように、黒服の女性スタッフが声をかける。

「あの、お客様、失礼いたします。なにか、お飲み物をご用意いたしましょうか」

気づいてみれば、まだ何も注文していなかった。

あら、と玖美がはにかんだように窈子を見る。夢想から返った時の、おきまりの表情。

ごはんでも食べましょうというのがそもそもの目的だったのに、いつかお喋りの方が優先している。女というのはいくつになってもそうしたものらしい。笑いながらメニューの冊子を手に取った。

「メインが魚か肉か選べるんやね。――うちは、そうやね、こっちにするわ、若鶏のソテー・バスク風」

たいして迷うことなく選んで窈子が読み上げると、玖美は驚いたように眼鏡をずりあげる。

「マーちゃん、こんな小さい字が読めるの？」

「うん。目だけはええんよ」

にっこりと、誇らしげに笑う窈子に、玖美は首を揺らしながら感心した。

「じゃあ、あたしは仔牛のもも肉ジェノベーゼのラグー」

華奢な金の眼鏡のフレーム越しにメニューの文字を追いながら言う。

かしこまりました、とにこやかに受けて退いていくスタッフを見送って、二人、顔を見合わせた。くすっ、と同時に笑みがこぼれたのは、あまりに話に夢中になりすぎたことに気づかされたからだ。

「花より団子や言うけれど、うちら、団子なんかよりお喋りがええね」

そして示し合わせたように笑った。

「それにしても、どっちもお肉を選ぶやなんて、うちら、やっぱり普通のおばあさんとはちゃうみたいやねえ」

「お言葉ですけど、あたし、自分がおばあさんだなんて思ったこともないわよ」

「そらそうや、うちはほんまに孫から見たらお祖母ちゃんやから」

そしてまた笑う。

食事もお喋りも、まだ始まったばかりだ。玖美は、テーブルの上のグラスを取って、水で記憶も潤すように一口を飲んだ。

＊

思い出すだけで、甘酸っぱいね、あの頃の思い出は。

あの頃、あたしの家にも、マーちゃんは何度か来てくれたよね。家は隅田川を越えた江東、今でこそ開けちゃってるけど、まだ田んぼがあるような東京の郊外で、まあ文化的には都会ともいえない町だった。そんなとこからファッションデザイナーを輩出した、ってことで、後であたしのプロフィールを見て驚かれたりもしたんだけどね。

そこに佐倉家が最初に住み着いたのは、大工だった祖父の代からのことよ。大正の終わり頃に、関東大震災の復興で建設需要の高い東京へ、職に引かれてはるばる九州から出て来たわけ。

先に住んで成功した者は、後から上京してくる地元の者からたよられるのは常道で、祖父は家に親戚を何人も下宿させ、寛大に世話してきたという人だった。そのうちの一人に、逓信省《ていしんしょう》に勤めが決まった遠縁の若者がいて、これがあたしの父。きっと祖父に目をつけられたのね、娘の婿にどうだろう、って。

父は役人を絵に描いたような几帳面な人でね、祖父としては自分にない学歴や堅い仕事が魅力的だったのかも。まあ、手堅いということでは、目に狂いはなかったのね。

ところがあたしの母、浪子という人は、普通の奥さんにおさまらない人だったようなのよ。

「あたしも家で何かやっていいですか」

父は婿養子だし家はもともと母の家だし、反対は出ないわね。そして何を始めたかというと、父の収入だけできちきちやっていくだけよりはと、娘時代に身につけていた洋裁を自宅で教え始めたわけ。

家の中にいながら自分にできることで家計をささえよう、というのは妻として褒められることだったから、祖父も父も、男たちは〝お許し〟を出したのね。そう、女が働くのに許可が要ったわけだわよ。なにしろ女が男なみに前に出て働くのは、よほど経済的に困っている家だと思われてた時代だったし。

初めは近隣の主婦たちに、家の赤ん坊や子供のための服や小物作りを教えることから始まったの。母はとても手先の器用な人だったのよ。そして手先が器用というのは、次々工夫をこらすアイデアが浮かぶ人でもあったわけ。

家族のために洋服の一つでも作れるならと、習いに来る人は少なくなくて、たちまちアイデアたっぷりの母の〝学校〟は人気を博したそうよ。ちょうど戦争が始まったことで、人々が、「着物」より動きやすい「洋服」を求めた、という時代の追い風もあったのね。洋服は、まだ今みたいに店に行けば既製服がぶら下がっているなんて時代じゃなかったから、手作りするしかなかったんだもの。

無理のない月謝の額、さらには、子供連れで来てもいい家庭的な稽古場。習いに来る人たちにとっては、母の〝学校〟は垣根が低く、時間内にはきちんと何かしらの作品を仕上げられる実用性が人気だったみたい。

おかげでだんだん生徒は増えていき、春と秋、二回に分けてまとめて生徒を募集する体制までできあがってしまうほど。

そうなるともはや、単に家計のささえというより、立派に一人前の仕事であるのは、誰も異論のないところだったでしょうね。

そんな頃——昭和の初期から全国で高まっていた私鉄敷設の機運の波に乗って、都内から千葉へつながる私鉄が開通してね。うちの最寄り駅からも接続できるってことで、駅前は急激に開けていったの。お正月には成田山へのおびただしい参詣客を運んで、電車はぎゅうぎゅう詰め。戦争が始まったら、戦勝祈願の参詣客で、やっぱり満員だったのを覚えているわ。

その私鉄の開発会社が、母のところに営業にやってきてね、優先的に土地を分譲すると言ってきたの。電鉄会社にすれば、沿線に学校を建ててくれたら、たくさんの学生が乗り降りしてくれるってもくろみだったんでしょうね。

「そんなこと言うけど、こっちはただの主婦。どうしたらいいの」

母にとっては家計のささえのつもりで始めた仕事。土地を購入してまで広げる事業ではないと、そりゃ迷うわよね。土地は、都心に比べりゃ安いとはいえ、五百坪もあって、ぽん、と買える値段ではなかったしね。

そこで、鹿児島出身のお祖父《じい》ちゃんの登場よ。

「学校をやるかやらんかは後のこったい。ともかく土地を買っとけば、よか」

たしかにね。お祖父ちゃんは大工だから、土地さえあれば家であろうが学校であろうが造れるって判断だったのね。九州から身一つで出て来た男の、大いなる提言だった。

母は一大決心をして、その土地を購入したのよ。持ち金だけではとうてい追いつかず、銀行から借り入れをすることになったけど、保証人が祖父と父。手堅い国の役人だから、スムーズにいったようよ。その後、戦争に負けて日本の貨幣価値はひっくり返ってしまうんだから、現金をぜんぶ土地に替えていた母は、強運だったといえるわね。

なにより、母には、夢ができた。働く意味ができた。もうそれまでみたいに、余った時間で家計の助けに、なんて甘い気持ちじゃいられない。戦争で今はとても無理な話だけど、母はいずれそこに学校を建てるつもりで、五百坪の土地に、生涯の夢をかけたのよ。

もちろん、夢は大きくて、その学校は娘のあたしにも引き継がせ、経営にかかわる者になってほしいと、つねづね強く願ってたみたい。

「あの土地は、玖美、あなたの土地でもあるんだから」

よくそう言ってた。マーちゃんと同じね。先に敷かれたレールがあって、親に、ここを走れ、そうすれば安全な人生を進めるからって、用意されてたも同然だったわけ。覚えてる？　最初にマーちゃんとうちとけた日、カマラード、同志、と呼んだこと。理由は、それだったのよ。

洋裁学校を建てる。そんな母の夢に共感しながら、あたしはまだほかに、違う世界があるんじゃないか、そんな気がしてた。ムッシュ河原崎や、淳之介兄さんが示してくれるクリスタラン、輝けるものたちを眺めていると、あたしの進むのは母が決めた線路の上だけじゃない、きっとほかにも何かがある、そしてこっちにおいでって、ずっと誰かに呼ばれている気がしてたの。

でも、母は夢を先走らせ、学校を作って娘に継がせるには、たよれる配偶者が必要と考えたのよ。大きく口出ししないまでも、いざ土地を買うというような大事な時には祖父や父といった男の存在がものを言ったように、女だけでは世間から軽んじられるってことを、母はよく知っていたのね。そして、母が目をつけたのが、当時、わが家に下宿していた帝大生。

母自身がそうだったように、日々の暮らしを通してその人となりまで観察できる下宿人は、いちばん確かな人材探しになったのね。

冨田くんといって、家賃代わりに洋裁学校の経理なんかもやってくれる有能な人だった。母には、のちのち、学校を法人化して大きくしたい野望があったから、税務や経営に詳しい彼が、なによりお眼鏡にかなったというわけ。

そう、あたしがウンってうなずきさえすれば、ね。

あたしだって、それがどんなに楽なことかわかってたわよ。まさに、祖父が選んだ土地に根を生やし、大きく枝を張って繁る大木となる、母の夢。あたしは樹影の下では雨もかからず、安全に、平和に、暮らしていける。

だけど、そうは簡単に夢は現実にはならないのよ。

時代が動いていた。世界が動いていた。二人の少女の知らないところで、確実に進んでいた。

陰の中でひそやかに動いていたはずのそれが、具体的に二人の前に姿を現したのは、今日のように、あまりに晴れた空が美しかった日のことだった。

すでに校庭も半分は芋畑になり、授業のうちの何時間かは交代で農作業をさせられるようになっていたが、週に一度は、校区の中で働き手が出征している家に出かけて、畑の手伝いをすることにもなっていた。土など触ったことのない窓子や玖美には、そうした勤労奉仕は楽なことではなかったが、せめてお天気がいいと、少しは気分も慰められる。

その行きがけのことだった。駅の方から、静かな行列が進んでくるのが目に入った。

女学生たちは、思わず小走りになって近づいていった。

通りかかっただけの通行人も、無言のままに、次々、その行列に吸い寄せられていく。だがそれは晴天の輝きとはうらはらな、悲しくつらい行列だった。

英霊のお迎えだ。

戦争で亡くなった兵隊さんが遺骨となって帰ってくる。それを迎える行列だったのだ。

だが、白い布にくるまれた骨箱を胸に抱える女性を見た時、窓子は思わず玖美の腕をつかんでいた。衝撃で、それ以上、歩を運ぶ足が出なかったからだ。なぜなら、くすんだ色の着物を着たその女性――わずか三十センチの小さな箱を連れて帰るのは、窓子たちが毎週通い、またこれから向かおうとしていた出征兵士の留守宅の女主人だったからだ。

母ひとり子ひとりの家だと聞いていた。無愛想だが根は人のいいおばさんで、二時間ほどの畑仕事が終わると、乏しい中から窓子たちに炒りたての番茶をふるまってくれる。今は大変だけど、息子が帰ってくるまでこの家を守り元気で待っていてやらなくちゃねと、息子の話をする時だけは無邪気に笑う人だった。

——息子は優しい子なのよ。あんたたち、お嫁さんに来てくれない？　まるで求人の勧誘みたいに言って、冗談よ、と笑ったことを思い出す。

今、行進の列に挟まれて行く彼女の顔には表情がない。いや、魂すら、宿っているのかどうか。まばたきすら忘れ、視線はどこにも焦点を結ばずにいる。

まだ二十歳そこそこの息子を、送り出した時は笑っていた。必ず帰ると言ってくれた。なのに今は、そんな小さな骨に変わり果てて——。もう喋らない、笑わない、動きもしない。怖かっただろう、痛かっただろう、どんなに家に帰りたかっただろう。死を前に、何度、お母さん、と呼んだだろう。

行って、抱きしめてやりたかった。庇ってやりたかった。代わりに死んでやりたかった。泣いてはならない、母親は歩く。これほど大事なものを奪われても、誰をも責めてはならない、恨んではいけない。息子が国家に命を捧げたことは栄誉であると、周りが言ってくれるのだから。泣くのは家に戻ってから、自分と息子と二人きりになってから、よく帰って来たねと抱きしめてからだ。

その行進を、英霊の帰還を、町の人やら軍関係者や、小学生が並んで迎える。

窓子と玖美も、無言で行列が通過するのを見送った。それしかできない自分を痛感しながら。

それでもまだ現実は、少女たちが見守る行列の向こうを進んでいくもののようであった。

この頃までは。

しかしまもなく、戦争の現実は、大きな影を落とし始める。C'est glauque《セ・グローク》、確実に暗く、重く。

戦争中の暗い思い出ならいくらでもあるけど、わが家にとっていちばんつらかったのは、やっぱり、母の洋裁学校を覆った影だったわ。そこは、母の聖地でもあったから。

「佐倉洋裁教室　春期生　生徒募集」

塀に掲げられた、つつましい看板。それを見ながら、毎日あたしは「ただいま」と大きな声を出すの。

引き戸を開けると、そこはいきなり洋裁教室になっててね。もとは前栽《せんざい》だったというのを、祖父が敷地いっぱいに増築した十畳の広間。そこでは毎日十人を超す生徒さんたちが、長机に向かって熱心に作業をしていたわ。

あたしが帰ると、みんなが手を止め、

「お帰り」「お帰り玖美ちゃん」

って言ってくれる。あたしは「ただいま」と言ったきり、奥の住居部分には行かず、その教室で鞄を置いて、みんなが帰るまで一緒に過ごすのよ。

あたしが育ったのはそういう環境。

教室の中には広い机が六列ほど並んでいて、正面は大きな黒板があって、そこには母の――教師用の大きな裁断用の机があって。中列にはミシンが三台。当時はミシンは舶来で、とても高価だったから、順番で使うのよ。ほかに、ボディが数体並ぶ壁のわきには、ボタンやホック、糸などが入った棚がずらりと並んで。

もちろん母は、いつだってその教室の中心にいて、みんなが、先生、先生と聞きに来ることに対し、こと細かに答えてあげるのが仕事だった。

多忙な母親の手をわずらわせないよう、あたしはものごころついた時からそこで過ごしていたの。大人たちに迷惑かけずに暮らす習慣が身についちゃって、それでいつか、静かな子ねえ、とか、ほんとに手の掛からないお利口さんねえ、なんて言われるようになっちゃったみたい。空想好きの〝夢子に夢代〟であるのは、きっと一人遊びの結果よね。マーちゃんが、ずっと工房で織機の音を聞いて育ったのと、たぶん同じだと思うわ。

ほかにも若い先生が何人かいてね。母は、できのいい生徒さんを引き抜いては教壇に立たせてたの。若くておねえさんみたいだったから、あたしもよくなついたものよ。そのうち、一人遊びで、デザイン画ともいえない自由なお絵かきをするようになると、時々その先生たちが近くまでやってきては、こんなデザインにしたら、とか、ここはこの色にしたら、とか声をかけてくれるの。

あたしもれっきとした、母の学校の小さな生徒だったわけ。しかも皆勤の優等生。だから、こう言っちゃなんだけど、女学校で、絵を描かせたら上手いって言われて当然なわけよ。マーちゃん、あなたが出現するまではね。

絵の巧さではかなわなかったから、あたしは中味。個性的なものを描くことにしたの。

子供も来ている、のどかでまったりとした母の洋裁教室。それが、大きな時代の波にのみ込まれることになったのは、マーちゃん、あたしたちがはなればなれになっていく〝影〟の時代の序章だったのかしらね。

「授業中です、困ります」

母が高い声を上げておしとどめるのに、ずかずかと入ってきた軍服の男のこと、今もおぼえているわ。髪が薄く、三白眼《さんぱくがん》の鋭い目つきの男で、所属も階級も、子供のあたしにはわからなかったけど、横柄な態度は日頃から身についたものに違いなかった。

「ほう、いい〝仕事場〟じゃないか」

「詰め込めば三十人は仕事ができそうですね」

勝手に教室をじろじろ見回し、手帳にメモを取っている連れの男と話してたかと思うと、

「よし、視察終了」

音をたてて手帳を閉じると、校長である母を振り返ってこう宣告したの。

「佐倉さん、いいですね。来週から、ここを軍の工場として接収します」

そんな――、とつぶやいたきり、母も、先生たちも、あとの言葉が続かなかった。いえ、何か言葉を発していたら、きっとその三白眼に厳しくやりこめられたでしょう。

「ご存じでしょう、未婚婦人は全員、工場へ動員されることになったってこと」

男はそう言ったけど、そんな決まりが公布されたのは昭和十九年の、月十八日だから、すぐ直後のできごとだったことになるわ。

「婦女子の挺身隊への加入率が低くてかなわん。あんたたち、志願するという軍国乙女の気概はないのかねえ」

鋭い視線で見回されて、若い先生たちは皆、震えながらうなだれてたわ。

東条閣下に手紙を書くほどの軍国少女を自負していたから、その場で、はいっ志願します、って叫びたかったけど、子供が出る幕じゃなかった。

「謹んで、ここを、この教室を、軍のための作業所として差し出します」

母はきっぱり言って、頭を下げた。せめて従順に命令に従うことで、先生たちが遠い工場へ行かされないように守るだけが、母にできる限界だったのでしょう。うちに習いに来ている生徒さんも、先生も、何も優雅に時間つぶしに来てるわけじゃなかったのよ。外地で兄や父がお国のために命をかけて戦っている人もいたし、みんな、家族のための衣類を自分の手で作って着せようというささやかな支援の気持ちだった。その気持ち、彼らの言う軍国乙女と、どう違いがある？

でも何をどう言おうと、結果的には、あたしが育ったゆりかごのような教室は、軍のための縫製の勤労奉仕の場になってしまった。

母の大きな裁断机の上からは、袖のふくらんだブラウスや、ひらりと回るサーキュラースカートが生まれていたのに、その日以降は、くすんだ色の粗悪な木綿で、ひたすら国民服を裁断していく作業が始まったわ。一反の布から少しでも多く取るために縫い代はぎりぎりの幅。仕立てだって雑なものになったはずよ。見知らぬ人がわさわさと出入りし、がさつな手つきでミシンをいじったり、ビジューの入ったひきだしをひっくりかえしたり、もう、泣きたいような光景ばかりを目にすることになったわ。

庶民のささやかな暮らしを返上しても国のために。今はそういう時代なのだと皆がわきまえていても、時折、荒れてしまった教室の様子が悲しくて、いっそう、早く戦争に勝ってください、って祈りたかった。

でも、声も願いも届くことなく、〝影〟は前にも増して大きく地上を陰らせていくばかり。C'est glauque《セ・グローク》、影の時代はまだそこからが入り口だった。


郊外の小さな洋裁教室がそうした状況であったから、都心にある女学校がそのまま放置されるわけがなかった。窓子たちも、都内の工場へ勤労奉仕に動員されることになる。

「お国のためです。兵隊さんたちが必要としている衣類を作るお手伝いは、洋裁部の皆さんの勉強にもなります」

動揺する少女たちに、教師は淡々と告げたが、そんなものが〝勉強〟にはならないことは誰にでもわかった。女学生は単純作業にかりだされる労働力でしかなかったのだから。

それまで家の手伝いさえもしたことのない十代の女学生がたいした労力になるはずもなく、被服工廠で、日がな、軍服のボタン付けをやらされる日々は過酷だった。

それでも正義感の強い少女たちのこと、言われるままに、一生懸命、奉仕に励んだ。明けても暮れても単純なボタン付け。クラスメートの中には辟易《へきえき》して弱音を吐く者もあった。本来ならば、本を読んだり芝居を見たり、友達と喋って遊んで、豊かなる青春の序章を謳歌しているはずの年頃である。疎開して東京を離れる者もちらほら現れ始め、先の見えない毎日に、不安は募るばかりだった。

玖美は何度か針で指を刺し、先生に聞こえないようこぼしたものだった。

「マーちゃん、あたし、デザイン画を描くのはいくらやっても苦にならないけど、お裁縫は苦手だわ」

それは窓子も同じだった。

「それであたりまえと思う。うちらはアーティストになるためにこの学校に入ったんやもん」

常々ムッシュ河原崎は生徒たちに、誰にでもできる単純な作業をこなす機械になるな、アーティストたれ、と教えていた。ところが今は、機械になれとの国家命令だ。せめて彼のすばらしい教えを敵国語を用いず言い換えたかったが、そんな能力は窓子にはない。決してお針子を見下すわけではないが、ゼロからものを創出するデザインを学ぶためにわざわざ東京まで来たのだから、多少の不平を言っても許される気がした。

「ああ、ラヴィソン……。うるわしのクチュールは、いつこの手にできるんやろ」

手を止めてこぼしたら、逃さず聞きとがめた教師がいた。国語の多田だ。

「沢井さん！　何ですか、何か言いましたか」

さすがにこの頃には多田のブラウスもスカートも地味な木綿に変わっていた。机の間を、窓子の方へとやってくるのを、皆が作業の手を止め、いっせいに見つめる。

しかしこんな時、皆から笑われ続けて打たれ強くなった関西弁は窓子の武器となった。

「ええと。わ、蕨さんが、裏庭でクシュン、言うて、……いつ治りはるんやろ、肺炎になって死んでもうた人もおるさかい、無理したらあきまへんなぁー、って、話してました」

ふだんにも増しての極端な関西弁に、皆が大爆笑する。教師はたじろぎ、そちらを鎮めるのが大変になった。

「静かに、静かに。黙って、作業に戻りなさい」

手を打ちながら、大笑いする生徒の方へと指導に回るのだった。

めったに笑うことなどなくなっていたから、ひとたび笑いが落ちると、収拾がつかなくなるのである。なんといってもまだ十代半ばの子供たちだ。笑わないまま人生を過ごすことなど、できようはずもない。

その年、昭和十九年の二月には、「決戦非常措置要綱」というものが閣議決定され、全国でまだ演劇や音楽という楽しみを市民に与え続けていた舞台も、閉ざされていたのだ。

ただ、次々と笑いやんでふたたび静寂が訪れれば、現実は前より切実に身に迫ってくる。自分たちは戦争をする国家という巨大な機械の中のちっぽけな歯車の一個にすぎない。笑うこともなく夢見ることもなく、来る日も来る日も大量のボタン付けをさせられ指先が痛くなりながら、ただ工場へと向かうばかりなのだと。


桜蘭高女で、うちが最後に過ごしたんは二年生。昭和十九年やったわ。マーシャル島では守備隊六千八百名が玉砕。藤田画伯が描いた、後退の許されぬ悲壮なる戦いは、その後も、トラック島、ラバウル、パラオで繰り広げられていったんやね。

うちが下宿してた道子叔母ちゃんも、死んだ旦那さんの年金をもろうて暮らす寡婦やったから、国防婦人会に動員されはってね。家から一時間もかかる川崎の自動車工場へ。そこは大きな機械も扱わなあかんから、体が丈夫とちゃう叔母ちゃんはすぐにネを上げてしまいはった。いろんな町からいろんな階層の人が集められてたから、人間関係もしんどかったんちゃうかしら、相当まいってはったようやわ。

京都のお父ちゃんがうちに宛ててさかんに帰ってくるよう手紙をよこしたんも、たぶん、叔母ちゃんの泣き言のせいやと思う。淳之介兄ちゃんがやってくると、すがるように、一緒に連れて帰ってえな、って言うてはったけど、うちは逆。京都には、ぜったい帰りとうなかった。

そやのに、その年、お盆に京都へ帰省したのを機に、そのまま家に引き留められてしもた。

京都の夏の風物詩やった大文字の送り火も、祇園祭も中止になって、なんや気ぃの抜けたような、暑い暑い夏やったわ。よもやこんなことになるとは思わず、東京に置いてきた荷物は、叔母ちゃんがまとめて送り返してきたけど、西陣の家にそれが到着するんと同時に、叔母ちゃん本人も、東京の家をひきあげてきてしまいはったんよ。

「疎開や、疎開。同じ怖い目ぇするなら生まれ育った京都がよろしわ」

商家の生まれやのに結婚相手は商売人だけはいややと言うて会社勤めの人に嫁いだのに、予想外の転勤で東京へ来ることになってしもて、そのまま居着いて実に三十年ちかく。数年前に旦那さんと死別しても京都には帰らず、一人息子を立派に育てあげはった賢夫人やったのに、隣組やら国防婦人会やら、他人さんと一蓮托生で暮らすんやったら、やっぱり気心の知れた土地がええ、言わはるねんなあ。お父ちゃんは養子に出た後も東山の実家には気を配ってはったさかい、粗末ながらも叔母ちゃん一人住むにはじゅうぶんやった。

けど、納得できひんのはうちや。勤労奉仕も、国のためと思えば身を尽くせたし、勝ったらすべてもとどおりやん。そのうち、南京陥落の時みたいに、また祝い提灯を提げて行列が出て、国民すべてで勝利を祝える日が来る、そんな日を、疑いもせえへんかった。

けど、そんな〝夢〟は子供やから抱けたんやね。大人たちは戦況の苦しさを、日々、のしかかる重さによって実感してたんかもしれへん。

「ボタン付けばっかりやるなら、なんもわざわざ東京くんだりに行かんでもええ」

お父ちゃんの弁は明快やった。もとより、叔母ちゃんが疎開してきてしもたからには、東京にうちの居場所なんかあらへんし。

家業の染め屋も苦しくなってたんやと思う。なんせ西陣の布は豪華や。贅沢を慎むようにという風潮では、そないええもん作られへんし。けど、生糸が配給になったからには、やめてしもたらその割り当てもなくなる。きっと、守り通すんに必死やったと思うわ。何が何でも、「染め匠・高砂」の看板をおろすわけにはいかへんかったから。

四人いた職人さんも、一人は召集されていかはったし、故郷の敦賀に帰した者や、涙を呑んで解雇した者もいてはって、家の路地にある職人長屋も閑散としてしもたんを思い出すわ。何より、子供の頃のように路地に出てみても、機械の音が聞こえてきぃひん織り屋の通りは、見知らぬ町のようにも思えてね。

空き家になった職人長屋の軒で風鈴が寂しく鳴って、コンチキチン、……聞こえるはずのない祇園祭のお囃子が重なる気がした。そういえば光平さん、どこでどうしてはるんやろ。思いを馳せては、また『アッツ島玉砕』の絵が胸に迫ったり。

そんな現実の前ではわがままも言えず、うちも十条にある工場に勤労奉仕に通うてたん。

その間、七月にサイパンが陥落、日本の本土攻撃がたやすくなったんやね。八月にはテニヤンで玉砕、続いてグアムでも玉砕。

その玉砕した兵隊さんの一人が光平さんやったことは、ずっと後になるまでわからへんかった。ラジオのニュースを聞くたび、きっと生きていてねとお祈りしてたのに。退くことなく散った皇軍の兵は貴いけど、なんで生きて帰る道はなかったんやろ。画伯は、ムッシュは、今も線香を手向けながら英霊たちのために絵筆を執ってはるんやろか。としたら、ウチにできることはほかにあらへんと、いつも自分に言い聞かせるしかなかったわ。

玖美ちゃん、手紙を書くね。――長の別れになるとも知らず、終業式の日、玖美ちゃんとは笑顔で別れたきりやったね。

そうこうするうちB29がらくらく本土に飛来するようになってきた。十一月にはマリアナ基地を飛び立った米機が、首都東京を攻撃し多くの犠牲を出したことも伝わってきたわ。

今度は大丈夫やろか、無事やろか、気遣ううち、玖美ちゃんから無事ですと葉書が届いて、胸をなでおろしたもんやわ。

もっとも、こっちも状況は同じ。町では防空壕が掘られ、夜間の灯りを慎む灯火管制が敷かれることになってたんやけどね。


ほんとに、大変な時代だったね、マーちゃん。

今の若い人に話したって通じないけど、空襲警報が鳴って、防空壕へ逃げ込む時、もう生きた心地がしなかったよ。いつまでこんなことが続くんだろう、東条閣下はあたしたちの手紙を読んでくださったんだろうか、そんなことばかり胸の中で叫んでた。

翌昭和二十年三月、東京を襲った大空襲は、それはひどい、むごたらしいものだったのよ。

郊外にあるわが家では、朝になって防空壕を出た時、西の方向にぶすぶすと煙が立って、まだ燃えているところがあると、大人たちが騒いでた。なんでも、川の西側にいつも見えていたはずの町がまるごと、なくなってる、ってことだった。

東京の町なかには勤め先やら知り合いやらが大勢いるから、大人たちは恐慌をきたして、正しい情報を知ろうと右往左往。

そんな中、あたしはいつものとおり、学校へ行こうとしてた。馬鹿真面目っていうのかな、子供の頃から大人たちの邪魔をしないようにと育ってきて、その日も誰もあたしにかまってなんかいられない状態だったから、一人、自分の日常を果たそうと考えたの。

それに、郊外にあったあたしの町はまったく無傷だったから、東京が壊滅してるなんて、とても想像できなかったのよ。

ところが、電車が止まってた。

そりゃそうよね、行く先の東京が焼けちゃったのに、行く電車もなければ、戻りの電車も入ってくるわけない。それでもあたし、学校には行かなくちゃと思って、線路を歩いて行ったのよ。まったく馬鹿真面目よね。

あの遠い道のりを都内へ通う生徒など自分一人だけだったから、学校がどうなっているか、連絡網もなかったたし、ずっと皆勤賞で一度だって学校を休んだことのないあたしにすれば、行かない理由の方が見当たらなかったの。

川沿いに一本だけ、早咲きの桜がみごとに満開でね。毎年、花見で賑わう土手の春の記憶は、戦争中というのに変わりなく、あたしに何の不安も抱かせなかった。とはいえ、川を渡る鉄橋は、さすがに怖かった。でもその上を歩かないと向こう岸には行けないし。

どうしようと迷ってたら、線路の端に鉄道のおじさんがいて、橋を渡ろうとしているあたしを見てびっくりしてね。

「どこに行くんだ」

呆れた顔で聞くの。あたしは大真面目に答えたわ。

「学校に行くんです、桜蘭高女です」

そしたらおじさんはますます呆れ、もう一度訊くの。

「どうしても行くのか」

「はいどうしても」

一歩も引かずに答えたもんだから、おじさん、ふうむ、って考え込んじゃってね。そして、紐を取り出してきて、それで自分とあたしの胴を結んで、ついてこいって。おじさんが前に立って、一列になって、鉄橋の上を、一緒に歩いて渡ってくれたのよ。

「下を見るんじゃないよ。おじさんの背中だけ見てついておいで」

「はい」

そりゃあ下を見たらごうごうと川が流れているんだもの、足がすくんだわ。

春のうららの、……なーんて、歌はのどかだけどね、隅田川って、とてつもなく川幅のある、そして底すら見えないほどに水量がある大河なのよ。落ちて、のみ込まれたら、確実に海まで持っていかれる。なのに、そんな危険を冒してまで、どうして川を渡ったのと、今の人なら言うでしょうね。でも、マーちゃんならわかるでしょう、それはいわば、使命感のようなもの。朝が来るかぎり学校へ行かねばならないし、それが自分の〝本分〟、課された日々の決まりなのだから、疑いも抱かなかったわ。

決死の覚悟でたどりついた川の向こうはもう東京。こちらの岸と同じように、もうすぐ満開になる桜の並木が迎えてくれるはずだった。ところがそこは、一面の焼け跡となって煙がくすぶり、昨日まで見知った景色とは一変してた。

何なのこれは？　何が起きたの？　鼻をつく焦げ臭さに、ハンカチで顔を押さえながら、それでも線路をたどっていったの。黒焦げになって倒れた桜の枝に、小さなつぼみが焼け残っているのがあって、そこからは一人で、足元に用心しながら歩いていったわ。廃墟になった、誰もいない町の中へと。

そしたら川ぞいの道に、たくさんのマネキンがほうりだされていてね。あんなにたくさん見たのは初めてだった。

でもね、よくよく見たら、それはマネキンじゃなかったの。

何だったと思う？

マーちゃん、きっと想像できないと思うよ。それね、人間だったの。

そう、おびただしい数の死体。焼け出され、黒焦げになりながら、水、水、と末期の水を求めて這いずって、そうして川にたどりつく前に息絶えた無辜《むこ》の市民の骸《むくろ》だったのよ。

思わず藤田画伯の『アッツ島玉砕』を思い出していたわ。折り重なって倒れた兵隊さんの、屍《しかばね》、屍。あれ、絵の中だけじゃなかったのね。こんな身近なところにも、地獄はあったんだわ。

あたし、鉄橋を渡る時でも怖いのを我慢できたのに、がたがたと体が震えて、涙が止まらなかった。

いつかマーちゃんと、行列を見たじゃない、英霊の帰還の。

あれは、自分のいる側とは違う対岸を進む行進だって感じていたのに、もうその時は、いつ自分の前後で起きてもおかしくはないと思ったわ。

米軍による空襲は、首都東京に限らず、大阪、神戸、名古屋といった大都市はもちろん、青森や福井、和歌山に福岡と、地方の都市にいたるまで、無差別に行われた。それも、一分間に何十発と爆弾を落とし、民間の家であろうが病院であろうが、くまなく燃やし尽くしていくための、まるで絨毯を敷き詰めるがごとき爆撃だった。

満開に咲きながら、焼かれて倒れて折り重なっていく桜の木。まっ赤な炎の中で、吹雪のように花びらを散らす地獄の春の光景は、その後、季節を問わず、日本という国土の上で例外なく繰り広げられた。

明けて昭和二十年の一月十四日には、日本人の精神的支柱である伊勢神宮の外宮にも、米軍の空襲はあったが、むろん国民の衝撃を斟酌《しんしゃく》してひた隠しにされた。大本営はなおも日本軍が有利に戦っていると宣伝したが、実はこの時点で、もう敗戦は明白だったのだ。

そしてその翌々日、窓子のいる京都も空襲に見舞われることになる。

京都は昔からの王城の地で、たくさんの文化財もあることから米軍は爆撃してこなかった、などという話が後になって流布するが、戦争にそんな虫のいい話が通るはずもない。米軍は、日本人がいる場所ならすべて、根こそぎ燃やし尽くす算段だった。それが、あの時代の日本人が直面した、戦争というものだった。

犠牲になったのは東山だった。そこには叔母の道子が疎開してきている。生存安否に出かけた父の辰治は、その夜、戻らなかった。帰ってきたのは明け方で、重苦しい顔をしたまま無言であったのを窓子は思い出す。あたり一帯は全滅、道子は黒焦げの遺体になって防空壕から運び出され、小学校の体育館で対面した時は、もんぺに縫い付けた名札だけが身元を知らせる遺体であったという。

そして父は重苦しい顔のまま窓子に言った。

「もう心の準備のなんのと言うてるひまはなくなったで」

窓子の〝執行猶予〟は終わったのだ。女学校を卒業したら嫁に行く。その約束は生きていた。女学校は卒業できなかったが、窓子は身の安全のため、嫁に行くという選択しかなくなっていた。

玖美ちゃん、覚えてる？　いつか学校帰りに見た、戦時中の花嫁さん。一軒の家の前に人だかりができていて、なんやろと思って近づいたら、結婚式が始まるゆうんで、二人、顔を見合わせるや、鞄を道に置いて塀によじ登ったよね。春で、障子が開け放してあったから、庭の槙《まき》の木越しに、広間が丸見えやった。けど、座敷に目を凝らしても、どこにも花嫁さんが見あたらへんかったよね。戦闘帽がまだ馴染まへん青年のほうは、ああこれが花婿さんやなとわかったけど、隣にはもんぺ姿の女子衆《おなごし》さんが座ってはるだけやったもんね。

そこへ一人の平服のおばさんが、塗りのお膳を捧げ持って来て、どうやらそれが三三九度の杯らしいと確認したんは、うちらの目には、それがまるで普通の晩ご飯をいただくみたいに簡素に見えたからやったわ。

まず国民服の花婿が杯を飲み干しはった。そして、次にその杯がどこへ運ばれるんかと思いきや、そのまま隣の女子衆さんに手渡され、酒が注がれ、そして、そのまま口へと運びはったから、そらもうびっくりや。

うそ――、と二人で顔を見合わせたよね。そやかて、あの女子衆さんが、花嫁？　ブラウスとさえ呼べへんような簡略な上っぱりに、絣のもんぺ。膝元に置いてあるのは防空頭巾やし。そんなん、花嫁姿ちゃうやん。驚きは、もう一度その場を覗き込んでもおさまらへんかったわ。

　その花嫁さん、戦時の花嫁とかゆうて、その質素さをえろう褒められて、新聞にも載りはったそうやんね。けど、あんなこと、あってええはずないわ。一生に一度の結婚式に、花嫁さんがもんぺやなんて。

　そやのに、仲人風の、肥《ふと》った人が、いやめでたいことで、と笑《わろ》てはった。しかも、さっそくお嫁さんに、産めよ、増やせよ、なんて脂下《やにさ》がって言うんが祝辞やなんて、ひどすぎる。いったい、あんな恰好でお嫁さんになったところで、どんなええことがあるっていうん？

　そやからうち、お父ちゃんが縁談を決めてきた時、ぜったいにもんぺで結婚式なんかせえへん、ちゃんと花嫁衣装を着る、って泣きながら言うてやったん。

　もう、嫁に行くことはさからえへんかったからね。でも最後の最後まで、反抗や。

　お父ちゃんは、黙ってうなずくばかりやったけど、居間の畳をめくって、床下から、供出を逃れるために新聞紙でくるんで隠した桐の衣装箱を取り出してきはってね。その中に入ってたんが、両手にずっしり重いばかりの羽二重の裾模様——。

　マー子が嫁に行く日のために、作っておいたんや、って言うんよ、お父ちゃんが。死んだおまえのお母ちゃんから言われてたんや、必ずちゃんとした娘に育てて、立派な花嫁衣装を着せて家から嫁に出してやってほしいって。

〝ちゃんとした娘〟。──がつん、ときたわ。女学校まで行かせてくれたんも、東京へ出してくれたんも、ぜんぶ、死んだお母ちゃんの願いやったんやなとわかったら、もう、お父ちゃんに反抗する気も失《う》せて……。

ほんまのお母ちゃんのことはね、うち、あんまり覚えてへんねん。病気がちで、ずっと暗い座敷でコホコホッと乾いた咳をしてはったことくらいしか。

けど、大きくなって、これまた世話焼きの職人長屋のおじさんが、これがあんたのお母ちゃんや、祇園の名花と言われて評判やったんや、って、古ぼけた新聞を見せてくれはってね。畳替えでもした時、偶然、敷いてあったその紙面を見つけはったんやろね。誰かに言いとうてしょうがなかったんやろけど、まさか子供に直接言うなんて、どうよねえ。

それはまだ戦争がこないなる前、祇園の芸妓が戦勝祈願に平安神宮を参拝したとかいう記事で、何人もの芸妓が写ってるんやけど、印刷の悪い、粗い写真やのに華やかさだけは伝わってきたわ。ああ、うちのお母ちゃんは天女やったんかも、って思って、目が離せなくなったんを覚えてる。

そう、羽衣《はごろも》を盗られて、天に帰れんようになった、天女。

盗ったんは誰？

そう思い至った時、お父ちゃんが憎いやら、恨めしいやら。うちを残して天には帰れず、そのまま下界で弱って死んでしもたお母ちゃんが、哀れで、悲しくて。

そそやからぜったい、幸せな結婚には、羽衣がいると思ったん。


マーちゃん、もんぺの花嫁さん、あたしも覚えてるよ。胸が痛かったねえ。

二人、呆然としたのは同じだったよ。

それならもう一つ、覚えてる？　あの後、先生に見つかって、しぼられたこと。

「こらっ、そんなところで何というはしたないことをしているっ！」

ものすごい声だったものね。

驚いたせいで、あたしもマーちゃんも、塀から手をすべらせて落っこちたんだったわ。

お尻や脚が痛くてすぐには立てずにいたら、そこに立っていたのがムッシュこと、河原崎先生だったのはまだ幸いだったね。

「おまえら桜蘭高女の生徒だと即座にわかる制服姿で、はしたなく他人様《ひとさま》の家を覗き見するとはなんと嘆かわしい。よくよく反省しろ」

ってことで、翌日から二人は罰則で、ムッシュの命じる課題を何枚も描かなくちゃいけなかったね。あの時、ムッシュが言った言葉のいくつかを、あたし、不思議と覚えているのよ。

たとえば、おまえら〝夢子に夢代〟はほんとに困ったやつらだ、って言われたこと。あたしたちそんなにひどいことをしでかしたのかと肩をすくめたら、ムッシュってば、こう言ったのよ。

「なぜ、今みたいな時代に生まれてきたんだ」

そしてあたしたちを憐れむように、こつん、とおでこを叩いて通り過ぎた。

それが先生自身、自分を憐れむように見えたんだけど、次の瞬間には、それを言うならすべてのアーティストがそうだな、って笑ってた。

ねえ、あの時代に生まれたことがよくなかったの？　そうよね、あの藤田画伯ですら、この時代に生まれただけで、筆を別の目的で使わなくちゃならないのだもの。あたし、後になってパリで発表された画伯の絵をいくつも見たけれど、さすが目の肥えたパリジャンたちを夢中にしただけあって、どの絵も、すきとおるような乳白色の肌をした、輝くような女性の絵なのよ。そんな天才が、戦争を題材に描くだけなんて、つらすぎる。

だからね、あの時、あたしたちに与えられた罰の課題も、ムッシュの最後の贈り物だった気がするの。

「女学生も戦時下に合う制服を着用すべきとのお達しが出たので、いずれおまえたちが着用することになる制服をデザインしてみなさい」

表向きにはそういうことになってたけど、普通、罰というのは苦行のはずでしょ？でも、あたしたちにとってはちっともつらくなかった。それどころか、マーちゃんと二人、嬉々として没頭したよね。

たしかに五枚も描け、というのは疲れたけど、最後の一枚は「自由」。もちろん二人とも、花嫁衣装だったね。

無駄話なんか一つもせず、夢中になって、色鉛筆をノートに走らせて、できあがった課題は、ムッシュはうんともすんとも言わず眺めてたけど、こんなのではさっぱりだ、もう十枚描け、なんて言われても不思議でない厳しさがその顔にはあった。

なのに、一枚一枚の絵を丹念に眺めた後で、

「おまえら、この絵は戦争が終わるまでしまっておけ」

って、返してよこされた時はびっくりした。

後で見せ合いっこしたら、二人とも、セーラー服の衿にパイピングのラインが入ってたり袖がふくらんでたり、ボウタイがサテンだったり、どうしたって女の子が好きな細部が随所にあって、そこだけは譲れなかったのよね。でも、――戦時下の非常時用というには、どれも、可愛すぎたわ。

ましてて花嫁衣装のほうは、描き進みながらだんだん凝っていくのは止められなかったものねえ。もんぺを着た、使用人か女子衆かわからぬような平服の花嫁じゃなく、いや、あれを否定するからこそいっそう豪華で華やかな、王女か貴族のお姫様みたいな晴れ着ができあがっていったのよ。

その絵はしまっておけ、と言ったムッシュの、本当の意図が理解できたのは、その基準服とやらを見た時だった。忘れないわ、

「これから桜蘭高女で着るべき基準服です」

と担任の先生が貼り出した粗末なガリ版刷りの絵の中のデザイン画。

次の週から本当にあたしたちが着用しなければならない戦時下用の制服だった。上は動きやすい筒袖、筒型の上っぱり。下はズボンで、膝と足首を革紐で縛る。いつ敵が攻撃してきても戦えるようにというのはわかるけど、泣きたくなったね。普及率が悪いって、お上は不満だったらしいけど、当然でしょ。誰もあんなもの、着なか

ったわよ。それぐらい、ひどかった。

そして逆に言えば、課題であたしたちが描いた絵が、いかに時勢にそぐわないものだったかってことを、あたしたち、まったくわかっていなかったわけね。〝夢子と夢代〟を守るため、ムッシュは、戦争が終わるまでしまっておけと言ったんだわ。

本当に戦争が終わった時、あたし、あの絵を取り出してみたのよ。ああ、これで好きな服を作れる、ブリヨンを取り戻したわ、って。

第四章　Il n'y a rien《イルニヤ・リヤン》　無からの出発

食事も話も、なめらかに進んでいた。気がつけば、いつのまにか二人はすべての料理をきれいにたいらげている。お互い、ありがたいことに戦争中のひもじさは経験しなかったが、食糧不足の時代に育った者のならいであろう、お皿に何かを残すことができないのだ。

「食後のお飲み物はいかがいたしましょう？」

また親切なあのスタッフが、お皿を下げながら聞いてくれた。

「そうね、うちは、コーヒーを。もちろんホットで」

窓子も、姿勢を正し襟元を気に掛けながら〝夢〟からさめた気分だった。

「あたしは紅茶を」

ピピピピ、と小さく携帯電話が鳴った。玖美のバッグの中からだ。

「ごめんなさい。切っておくのを忘れてたわ」

申し訳なさそうに言って、玖美は電話に出る。はい、はい、と静かに聞いてうなずいた後、

「今、外で、大事な会食中なのよ。後で電話させていただくわ」

淡々と言って、通話を終える。ついでに電源も切ったようだ。

「便利なようで、困ったものね、こっちの都合なんかおかまいなしに割って入ってくるんだから」

ほんとにね、とうなずきながら、窓子も自分のバッグの中の携帯を確かめた。

「うちは、どこで行き倒れてもわかるようにって、いちばん簡単なのを娘に持たされてるんやけどね。大きなお世話や、こないに元気や、と言い返してやりたいわ」

「いいじゃないの、心配してくれる人がいるんだからさ」

和んだ目をして玖美に言われれば、時に面倒にもなる家族のことが、この上もなく優しい存在になる。

「お待たせいたしました、コーヒーでございます」

銀のトレイにポットとカップを載せて、さっきの女性スタッフがやってきた。

「こちらは紅茶でございます」

小花模様のポットカバーをかぶせたポットごと、テーブルの前に置いていく。

周囲の席はとても静かで、衝立越しの隣の席に座る二人は会話も聞こえてこない。

ちらりと覗くと、二人の男女の客が向かい合って、互いに黙ってずっと下を向いている。どうしたのだろう、喧嘩でもしたのだろうか。

隣席をはばかるわけではないが、窓子と玖美は、それぞれ、無言で自分のたのんだ飲み物に、砂糖を入れ、ミルクを入れ、かきまぜる。

そのようにして、二人はしばらく無言だった。そのスプーンの先に、取り戻した記憶があらたにかきまぜられていくようで、ゆるやかに渦をたたえるカップの中を、静かに眺めている。

＊

ムッシュがしまっておけと言ったあの絵、うち、今も持ってる。そして時々、取り出して眺めることがあるねんよ。少女の頃に描いた花嫁衣装。あれがうちの原点やったかもしれへんし、そやから、ムッシュからの贈り物やったとも思えるんよ。だって、ブリヨン、ふたたびの、光輝ける日。そんなもの、もう取り戻せないと思ってたから。

そやけどその日を、うちは嫁ぎ先の姫路で迎えることになったんや。

玖美ちゃん、見て。これ、恥ずかしいけど、うちの嫁入りの時の写真よ。白黒写真がセピア色に褪《あ》せて、ふちもこんなぼろぼろで、ほんま、年代もんやねえ。でも、今日は玖美ちゃんに見てもらお、と思って、持ってきたん。死んだ夫は写真が趣味でね。写真だけはいっぱい撮ってくれたから、いろんなのが手元にあるんよ。

この頃は、まったく音信がなかったもんね、お互いに。

あんな時代でも、ちゃんと花嫁衣装を着たってことだけがせめてもの自慢かな。

夫は、姫路の郊外、飾磨《しかま》の方で、大々的に綿織物の工場を経営している家の長男でね。何町歩もの田んぼと畑を小作人に耕作させてて、食糧には困らへんし、目印になる建物もあらへん田園地帯やから、疎開のつもりで行ったらええのや、なんて、皆はうちをなだめてた。

戦争中は、食べていけるもんを持ってる家がいちばん強い。お父ちゃんのその判断は、切実な現実把握やったわ。実際、終戦後も、うちは一回も食べる物に困ったことなんかあらへんのよ。

けど、嫁に行くんについては、相当泣いたし、決心が要ったわ。

いくら〝夢見る夢子〟がそんなこと言うて抵抗してても、空襲は日常茶飯事、起きてても寝てても、空襲警報が出たら走って防空壕へと逃げなあかんし、そんな時、外に出てみれば大阪の方角の空が真っ赤でね。爆撃で壊滅した大阪の町が一晩燃え続けたことが伝わってきたわ。うそ、って言いながら、震えが止まらへんかった。

これでも嫁に行くのがいややと、わがままは言えるんか、って自分を責めたわ。このままでは自分の身の安全も守れそうやないのに。

京都でも、叔母ちゃんが死んだ一月深夜の東山空襲に続いて三月には右京区の春日町、四月には太秦《うずまさ》、と毎月のように空襲があって、五月にはついに京都御所も爆撃を受けたんよ。そうよ、天子様がいらした御所までも――。

歴史の古い文化財がいっぱいあるから京都だけは大丈夫、なーんて都合のええこと考えてた人らも、さすがに敵の本気を体で知ったんやわ。これが戦争なんや、と天を仰ぎながら。

「わかったやろ。もうどこにも安全な場所なんかあらへん。ここにおっても、誰もおまえを守ってやれん。そやから、嫁に行くんや。命あってのものだねやからな」

生きるために嫁に行けやなんて、あの頃は誰もおかしいとは思わへんかった。早《はよ》う紗《しゃ》を着とうなる暑い日やったわ。とうとう、うちは嫁に出たん。ぎりぎり袷《あわせ》の着物で過ごせる六月やった。

お父ちゃんゆうたら、いったいこんな豪華な着物を着てどこへ行くん、ゆうくらいの着物をぎょうさん持たせてくれはってね。文字どおり、一財産。これが後でずいぶんうちを助けてくれるんやわ。お父ちゃんにしたら、京都西陣の染め屋の娘が粗末な仕度では後々までの名折れや、ってことで、おそらく何年もかけて用意したんやわ。

お父ちゃんのことなんか、一生嫌いでいるつもりやってん。お母ちゃんから羽衣を奪い、苦労だけさせて天上に帰すことのなかった男やもん。そやのに、あいつにしてやれなんだこと、おまえにしてやるのんは供養の一つや、なんて言わはってね。お母ちゃんのこと、ほんまに愛してはったんかもしれん。

うちが家を出た後で、実は重い胃癌やったことを知らされて、血を吐いて倒れたとお兄ちゃんから知らされたんは、内々の婚礼が終わってからやった。もしも自分が死ぬなり不幸があったら結婚の祝い事はふいになるから、それで黙って痛みに耐えてはったんやて。そんなん、うちはなんも気ぃつかんと……。

ごめんな、こんな古い話。けど、育った家や家族から離れて一人、まったく知らん他人の家に嫁に行くってことは、やっぱり人一人分の、いろいろ劇的な場面にあふれてるんよ。そやから、やっぱり、もんぺじゃあかん。一生に一度の豪華な衣装でくるんでやらんと、人がそれまで生きてきた時間は重くて厚くて、誰にとっても劇的なことなんやもん。

　お父ちゃんが用意してくれはった花嫁衣装はね、これは、父親が娘に持たせる羽衣や、という気がしたわ。決して自分のもんにはならへん上に、よそに飛んでいってこそ喜びになる。そしていつまでもしあわせにと、娘を天上に送る男親の、最大の贈り物なんや。


「ほな、行ってきます。長々、お世話になりました」

　まるでそのへんに出かけるように簡単な挨拶をすれば、父の目尻に涙が見えた。その日は、梅雨どきには珍しい晴れの日だった。

「戦争が終わったら、なんぼでもええ衣装を拵えたる。しばらくの辛抱や」

　父親は言い、娘とは目を合わせなかった。すでに涙がせりあがり、こぼすまいと苦心していたのかもしれない。染め屋の娘が簞笥も長持ちもなしに婚家先へ行くのは近所の目にも寂しいことであったが、誰もが了解している戦時下だった。衣装を収めた桐箱に紋入りの油単《ゆたん》を掛けて、それが嫁入道具とわかるしつらえにしてくれたのがせめてもの父の配慮だ。窓子に不平はなかった。どんな天女も、羽衣を預け、日々の暮らしの中に埋もれなければならない時代でもあった。

だから窓子は後になって、どんな花嫁さんにも、きれいな衣装を着せてあげようと思いつくことになったのかもしれない。

「いつでも帰ってきてええんやで。これは、窓子の疎開や。とにかく安全でいてくれよ」

兄がこっそり、そう言った。一度嫁に出ればもう戻ってきてはいけないのが決まり。だから父も、天上へ送るみたいに一生分の着物を持たせて別れたのに、戻ってきてもいいと言う兄の優しさに、窓子は泣けた。

母はない。けれど自分には、父がいた、そして、この兄がいた。嫁に行くとは、自分がなぜにその家で生まれ、なぜにその家族とともに生きてきたか、確かめることでもあるのだと知った。

その時、ぽつ、ぽつ、と、頬にかかるものがある。

「雨か――」

門出に泣いた自分のせいか。目を上げたら、空には太陽。雲間で一個、輝いていた。

クリスタラン。思わず窓子はつぶやいた。晴れなのに雨。たしかな雨のつぶてが頬を打つ。

狐の嫁入りだ。

空を仰いで、窓子は思った。お嫁に行くけど、自分は狐や。狐になって、この戦争を生き残ったる、と。

「マー子、行くで」

促されて、先へ急ぐ。姫路へ、まだ見ぬ夫のもとへ、人生という未知の領域へ。

その数日後の六月二十六日。京都は、早朝、アメリカによる五回目の空襲を受けた。対象地域は西陣。京極の南端・中立売通《なかだちうりどおり》よりもさらに南にある出水通《でみずどおり》だったが、むろん報道管制が敷かれたため被害の詳細はすぐには伝えられなかった。

だが父がそこで死んだことで、遺族だけは事実を知っていた。父の辰治は、その一角にある賃機屋で吐血して倒れ、休ませてもらっていたところを被災したのだ。いずれにせよ、先の限られた命ではあった。

当局からの箝口令によりひっそり父を葬った後も、七月の京都の空は不気味な静けさが続いていたと淳之介から伝え聞いた。窓子に父の死が知らされたのは初七日もすんでからのことになる。親の死に目に会えないどころか、葬儀にも行けなかったわけである。後で知ったところでは、米軍が開発した新型の原子爆弾を、京都に落とすためだったとか。この王城の地を地獄図にして焼き尽くせば、それでやっと日本人も降伏するだろう、そう考えたのは敵ならずともいたって自然な作戦だ。

八月六日、しかし原爆が落とされたのは広島だった。

九日、長崎にも原爆が落とされ、国の針路を取り誤った指導者たちはようやく終戦に向けて動き始める。無条件降伏がすでに伝えられている前日十四日にも、大阪には戦闘機が飛来して爆弾を落としていった。完膚《かんぷ》なきまでにたたきのめされる敗戦が、その日、決まった。

マーちゃん、この写真、ほんとにきれいな花嫁さん。

これを撮ったご主人の腕か、愛の賜物かしら。こんなきれいなお嫁さん、あたし、見たことないわ。

あ、そんなこと、あたしが言っちゃだめよね。クミ・サクラは常に最高のお嫁さんを創り出すのが仕事なんだから。

でも——。戦争の終わり頃で、日本がぼろぼろな時代に、よくこれだけのお仕度をしてくださったわね。親って、本当に偉大だわね。

終戦の知らせと、マーちゃんから結婚しましたって知らせが届いたのは、同時だった気がする。でも実際は六月の花嫁だったわけね。郵便も、相当に混乱していたのかしらね。

驚いたけど、それが戦後最初のブリヨン。嬉しい嬉しい朗報だったわ。

あたしのほうも、空襲にも遭わず、なんとか家族みんな無事で終戦を迎えられてね。

住む家や食べるための畑や、財産すべてを焼かれて失い、働き手の男を失った家庭がごまんとあったのに、それだけでもう、丸儲けというほかなかった。

母は、洋裁学校を建てる予定の夢の土地に、やむなく大根なんか植えてたりしたけど、あたしはいっこうに食べ物の苦労も知らなかった。今思えば、やっぱり親には頭は上がらないわね。

戦争は終わったけれど、国民はみんな着る物にも困っていたから、母はすぐに洋裁教室を再開して、簡単な洋服の仕立て方を教え始めたの。無事に生き残った周辺の家庭からは、女たちがわんさかと学びにやってきたわ。腕のいい人はそれを闇市で売って食糧に換えてくる人もあってね。あの時代、洋裁はまちがいなく、戦後を生き残る術だったと思うわ。そうやって復興が進んでいくと、あいかわらず母は、洋裁学校設立の夢を模索し始めた。あたしに後を継がせて、共同経営者になってくれる婿候補として目をつけていた帝大生の冨田くんがいるにはいたんだけど……。

その人、学徒動員でね。法科の学生だったから、徴兵免除がなくて、うちから送り出したのよ。配属は故郷の鹿児島だったけど、母は走り回ってラシャ生地を買い求めてきて、立派な仕立てのコートを餞別《せんべつ》に贈ってあげてた。そして、必ず生きて帰ってねって、ここであなたを待ってるからねって、泣きながら手を握って。大事な人を戦地に送り出す婚約者との別れのようで、見ているだけで泣けたわ。

でもよく考えたらその役割はあたしよね、って思いながら、どこか傍観してたの。実際には、母が勝手にあたしと結びつけたがってただけで、彼とはまともに話したこともないのよ。ごはんできましたよ、とか、今日は帰りが遅かったんですね、とか、同じ家に住んでるから用件を伝える程度。彼の方も、あたしが遅くまで教室でデザイン画なんて描いてると、精が出ますね、洋服が好きなんですね、くらいしか話しかけないし。いったい、あたしのことどう思ってたのかしら、母のオマケの家付き娘、ぐらいだったのかしら。〝夢見る夢子〟のわりには、あたし、けっこう現実的でしょ。

でもね、あの神宮外苑の壮行会は、別よ。今思い出しても胸がふさがるような、暗い雨の日でね。あたしたち、学校からも、その日は外苑で開催された壮行会を応援に行ったのよ。大勢の学徒がりりしく行進する中で、彼がどこにいるかもわからなかったけど、なぜだか胸がはりさけそうだった。周囲で上がる歓声にまかせて、冨田くん、必ず生きて帰ってねと大声で言ったら、なんだか本当にそれがあたしの願いになっちゃった。言霊《ことだま》ね。言葉にしたらそれが真実になる。

それからあたし、学校のみんなで千人針を縫って、武運長久のはちまきも作って、慰問袋に入れて送ったのよ。そうよ、クミ・サクラのはちまき。今ならレアものよ。

母あてに、軍の郵便が何通か届いたけれど、彼がどこに行ったかはまったくわからなかった。軍事機密ってやつなんでしょうね。終戦後に、ペリリュー島で戦死したって知らされたわ。玉砕もできない、生きたまま地獄を這いずるような前線だったと聞いて、言葉もなかった。

あたしの作ったはちまき、役に立たなかったのね。いいえ、百万の銃後の思いより、敵が強大だったってことよね。

だって、遺骨すらも帰ってこなかったのよ。藤田画伯の『アッツ島玉砕』がまざまざと目に浮かんで、合掌するくらいしか、何もできなかったわ。あの人もまた、死ぬしかない人生を、最後の最後まで大和魂だけで生ききったのかと思ったら、とたんにいとおしくて、愛していたかのような錯覚までしたわ。結婚はいやだったくせにね。

鹿児島のご両親は、靖国へおまいりしに上京する時は必ずうちに寄ってこられたの。母はそのたびにお見舞いやお供えを怠らなくて、むこうの親御さんと一緒に彼を偲んで泣くのよ。いつだったか、美しい白無垢の花嫁人形を贈ってあげたのを覚えてる。恋も知らずに死んだから、せめて天国で、こんなきれいな花嫁さんがついてあげてくれますように、って。

あたしたちが勤労奉仕に行ってたおうちのあのお母さんも、こんなふうに、靖国の息子に花嫁人形を手向けたのかしら。死んで、ますます美化されていく記憶って、あるのね。それも、クリスタランね。

それからしばらく、母も縁談のことは言わなかった。世の中が動き始めて、みんな、いっぱいに巻かれたぜんまい時計みたいに忙しかったからね。

あたしも時々、思うの。死んでいった多くの人たちを思うと胸がずん、と痛むけど、でも、こうして生き残ったからには、せいいっぱいに生きなくちゃいけないんだわ、って。

そうね、終戦は、誰にとっても、大きな区切りやったね、玖美ちゃん。

うちは正直、呆然としたわ。嫁に出て、二ヶ月たらずで迎えた終戦。こんなんやったら、あんな急いで京都を出んでもよかったんと違うん、って。疎開やったら帰れるけど、嫁となった身はもうここから動かれへんやん、って。

人の運命って、そういうもんやね。

体がふぬけのようになったわけは、それはやっぱり後悔やった。

夫の慶太さんは乱暴者でもなく愚鈍でもなく、話の通じる優しい男やったわ。そやから、あの人と夫婦になったことには文句はあらへんの。でも、婚家の田代という家には、はじめからすんなり受け入れられへん奇妙なことだらけでね。

母親が弱っているのでしばらく助けに来ているんです、と挨拶されたものの、婚礼がすんでも居続けてはる義姉。釣書に書かれていたより多い家族。家の中はすっかりそのお義姉《ねえ》さんが仕切ってはって、仕事の方も、慶太さんの立場はあいまい。工場の経理も全部、お義姉さんが握ってはるし。

うちはといえば、そんな大家族のために、洗濯、掃除、おさんどん。女子衆さんが一人いてはるとはいえ、まるで下働きのために嫁に来たようなもんやった。

——いや、どないしょ。こんな話、玖美ちゃんには愚痴にしか聞こえへんやろね。

播磨のゆるやかな山を背景に、はるかに広がる田園の中に、窓子が嫁いだ田代家はある。西陣の実家の、家内工業の染め織りの工場とは違い、「田代綿業」と大きな看板を屋根に掲げた一棟には、たえまなく動く機械の音があり、出入りするトラックがあった。それは窓子の好きな〝働く者たち〟の音だったが、西陣の織機の音はあんなにもなごやかに胸に響いたというのに、ここの機械の音は忙しく荒く、品がない気がした。

そもそも田代綿業が地域いちばんの大工場となったのは、昭和に入って制服の生産に手を広げたからで、贅沢を慎まねばならない戦時下でも、制服や軍服は欠かせないため、もとからいる従業員のみならず、大勢の勤労奉仕も受け入れて増産に邁進しているところであった。嫁入りの日には、窓子を一目見ようと、工場の地続きにある屋敷の門前には、大勢の見物人が詰めかけた。

「わが田代家は、姫路藩に代々、御用の品を納めとった商人の家ですねん。逃げも隠れもできひん。なんぼ戦時下やいうたかて、こそっと嫁さん連れ込むようなまねはできません」

女ばかりの座敷に挨拶に現れたのは、背の高い、にこりとも笑わない中年の女だった。はじめ、その人が花婿の母かと思ったが、姑となる清子はその隣、分厚い座布団をあてがわれておかめ人形のように丸い姿で座っている老婆で、人形そのままの表情でほやほや笑い、みずからものを言うこともない。

「申し遅れました、うちはこの家の長女。花婿の姉でおます」

布由《ふゆ》、と名乗った。慶太とは一回りも年上の、しっかり者だ。

「ご存じやろけど、姫路は幕末まで木綿の産地でしてな。姫路木綿ゆうて、質のええ木綿がようけ採れましたんや。ところが、開国してインドから安い木綿がどどーっと輸入されてきて、大打撃。ここらの百姓も、何軒も逃げたり首くったりしましたで」

まるで当時を生きて見てきたように、布由は家の歴史を話した。その時大庄屋だった田代家は踏ん張って生き残り、逆に輸入木綿で織物の工場を立ち上げたのだという。

「それが先々代のおじいさんだす。イギリスから大きな織物の機械を買《こ》うてきてね。身上が傾くほど高い機械やった、いうことだすわ」

どこにも似た人物がいるものだ。布由が語る先々代の人物像に、自分の家の、フランス製のジャカード織機に衝撃を受けたという先代の姿が重なる。明治の幕開けというのは、そういう開明的な男を生むものだろうか。親しみをおぼえ、つい窓子は口を開いた。

「うちのお祖父さんと、よう似たはる。……それまでは人の力でしか作れなんだ柄が、ヨーロッパの機械で、驚くほど細かい柄が自由に生み出せるようになったいうことどす」

言いながら、父がこの縁談を持って来た時言った言葉を思い出していた。

——一反の布を織るんにこんだけ時間のかかる西陣の家内工業とは違い、あちらは竿に何メートルと巻いて織っていく大量生産や。これからの時代は、ああでないといかん。

同じ糸へんの製造業だからと、窓子のところに持ってこられた縁談だったが、長年ちんまりした工房で働き続けてきた父は、機械がもたらす大規模な生産法について、憧憬のようなものを持っていたのかもしれない。

だがそんな窓子の述懐を聞いた布由は、無表情に一言、

「ああ、あんたさんとは血ぃのつながらんお祖父さんだすな」

　ぴしゃりと言って、空気を凍えさせる。窓子が妾腹の子である事実をこうもあからさまに言われるとは。

　すんません、と窓子は頭を下げたが、後になって、なぜ自分が謝っているのだろうと悔し涙が滲んだ。それほど、布由には有無を言わせず人を従わせる威圧感があった。

「まあまあ、今日びの娘でございまして、ふつつかですが、何卒よろしく」

　そばから仲人が補ってくれ、空気が緩む。

　そこからはともかく、窓子が東京で覗き見た簡素なもんぺの結婚式とはうって変わった、昔ながらの宴が待っていた。

　持参した着物や道具は奥の六畳間に運び入れられたが、父から「結納金で先方が箪笥は仕度してくれはる」と聞かされていた箪笥は見当たらない。やはりこんな戦時下では、新調するのも目につくことで、何かと事情があるのだろうと無言で納得した。

　宴のために晴れ着をまとい髪を結い上げたところへ、十歳ほどのおかっぱの女の子が二人、入ってきた。きちんと手をつき、何かお手伝いしましょか、と教えられてきた口上を言うが早いか、

「うわあ、きれいなおべべ……」

部屋に広げられた窓子の着物に、さっそく目を奪われる。

少し前までは自分もこの子らと変わらぬ〝夢子〟であったのだ。そう思えば微笑ましい。

「いやあ、姪御さんはお一人やと聞いとったから、お土産、一つしかあらへん」

持参したのは小ぶりの櫛だ。少女はとびつくように窓子から受け取る。それを、もう一人の少女が、これまたとびついて奪った。

「何するん。うちがもろたんや」

たちまち激しい奪い合いが始まった。驚いて、窓子は言った。

「ごめんごめん、すぐに京都にたのんで同じの届けてもらうから、喧嘩せんとき」

しかし、もらえなかった少女は恨めしそうに窓子を睨むと、出て行った。もらった方の少女も、手にした興奮で礼も言わず、弾むように襖を閉めて部屋から出る。

「誰なん、あのもう一人の」

お互いの家の家族構成は、釣書というものが交わされていたが、義姉の布出には娘が一人しかなかったはずだ。それに、年齢がもう少し上だったような。

しかし深くは気に留めないで仕度をした。父が、「染め匠・高砂」の名にかけて作った振り袖である。立ち上がれば、すらりと細い窓子の体型とあいまって、羽二重に絞りと染めで重厚な葵の柄を描いた図柄がひきたつ。皆が息をのんで見とれるだけの逸品だった。

「なんとみごとなええ着物や。さすが京都の染め元はんの着物は違いますな」

厳しい顔をした布由が、それだけは目を細め喜んでくれたことが窓子には嬉しかった。

だが、肝心の花婿の慶太との初対面は、仰天すべき場面となった。

襖を取り払い、全部で四間を一続きにした大広間に導き入れられたとたん、窓子の正面、顔の下から、いきなりガシャッ、というシャッター音がした。待ち受けていたのは、当時はまだ珍しい外国製の写真機のレンズだった。

ガシャッ、――ガシャッ。驚く花嫁にかまいもせず、行く手を阻んで、立ったり座ったり、さまざまな位置から写真機を向ける男。それこそが、当の新郎、慶太であると気づくのは、義姉の布由の鋭い声だった。

「慶ちゃん、あんた、ええかげんにしとき」

ぴしゃり、たしなめられて、残念そうに引き下がる紋付袴の正装は、まぎれもなくこの日の主役に違いなかった。上座にしつらえられた金の屛風の座布団に座り、大事そうに写真機を膝に置いてなでる様子を、窓子は白い角隠しの下から窺い見た。

慶太の趣味が写真であるとは事前に聞かされていたし、父も兄も、ハイカラな趣味や、と賞讃していた。だが、こんなにも人目をはばからぬ大胆きわまりないものだったとは。

とはいえ、娘心のいちばんの心配はその容姿から窺える人柄にあった。隣に座って、こっそり横目で眺めれば、姑に似ないほっそりとした体格であったのはまず安心で、意地悪そうでも神経質そうでもないのに胸をなでおろす。

「慶ちゃん、どうや、このへんでは見たことのないきれいな花嫁御寮や」

大事に育てられたのだろう、こんな場でも姉から「慶ちゃん」と子供呼ばわりされても恥じるわけでもなく拒むわけでもなく、ただふっと微笑んだのが、最初に窓子と見交わした視線であった。

「いや、よかった。ぼんがいつまでも独り身やったら先ゆき心配でならんかったが、こんなええ嫁さんもろうたら、さっさと跡取りを作ってもらわんと」

宴席で堂々と冷やかされるのは窓子にとっては身の置きどころがないほど恥ずかしかったが、それもこれも、慣れて受け入れなければならない道だった。

三三九度の杯が窓子に回される。澄んだ酒の表面に、玖美のこと、ムッシュ河原崎のこと、桜蘭高女のバルコニー、そんなものが、光っていた。

うちは、もう帰られへん。――御神酒《おみき》は苦く、悲しい味がした。

結婚は忍耐や、って、誰かから聞いた気がするわ。

でも、誰もそんなこと、頭でしかわかってへんから結婚するわけで、結婚前からちゃんとわかってる女は、うち、偉いなあと思うわ。

うぅん、玖美ちゃんのことを言うてるんやないよ。その頃、身近にいてはったんよ。賢い女が。

お兄ちゃんが好きやった人や。取引先の大阪の問屋に連れられて観に行った宝塚少女歌劇団の生徒で、夏たえ子、ゆうて、可愛らしい娘役。

玖美ちゃんが日比谷で見掛けたお兄ちゃんと一緒にいた人――そう、婦人会の人から椿の着物の袂を切れと言われてはったんは、その人やと思う。

お兄ちゃんが東京へ出てくる理由は、お父ちゃんに言われてうちや叔母ちゃんの様子を見にくるだけやのうて、その人の舞台を観る目的もあったんやわ。宝塚の生徒さんは親族以外の男の人と外で会うことには厳しかったそうやから、お兄ちゃんも苦心して、親戚で呉服屋の外商係をやっとります、ゆう顔で、ビジネスライクに会いに行ってたらしいわ。戦争中は少女歌劇も、内地はもちろん、天津やサハリン、外地へさんざん慰問に行かされてはったから、お兄ちゃんはずいぶん、衣装を用意してあげてたみたい。

大阪に空襲があった時、そのたえ子さんの家が全焼してね。一度に家族全員の命が奪われはったんよ。たえ子さんは、四国へ慰問公演に出かけてはったから無事やったけど、一瞬にして家も家族もすべてを焼かれた衝撃は相当なものやったやろと思う。

そんな時、大劇場が閉鎖されるという決定も重なって、彼女には居場所がなくなってしまいはった。もちろんお兄ちゃんは、身一つで彼女を迎え、結婚するつもりやったんやけど。

けど、天女は、やっぱり天に、帰りたいんや。

終戦、そして、やがて宝塚大劇場が再開されるとあって、たえ子さんは結婚の約束を撤回してきはったんや。〝少女〟歌劇と言うように、結婚してしもたら〝婦人〟になってしもて、生徒として舞台には立たれへんからね。

強い女の人やねえ、もう一度舞台に立ってラインダンスを踊るまでは、たとえ天涯孤独であっても生き抜く、って答えはったんやて。

うち、衝撃を受けたわ。自分に足りひんもんが見えた気がした。空襲が激しくなったから、空襲で叔母を亡くしたから、なんとか安全に生き延びたいから、それで選んだんが結婚。

それは、単に、逃げただけや。他人さんに自分の運命をゆだねておきながら、そのくせ、天が晴れたら帰りたがる。うちにはたえ子さんをうらやむ資格もないと思ったわ。

玖美ちゃんに宛てた、結婚の知らせが遅うなったんは郵便事情のせいやあらへんのよ。うちが、いろいろいろいろ思うことばかりで、なかなか知らせることができひんかっただけ。

未練がましいやろ。帰られへんとわかってても、天は、まぶしすぎたんや。

あの後、玖美ちゃんから、結婚のお祝いに、家族の分もと、慶太さんとお姑さんの分まで手編みの靴下が届いた時は、嬉しかったわ。でもすぐに、数が足りなくていさかいになるうちの家族がなさけなかった。

実は、義姉さんは離婚して出戻ってきてはったんや。娘を二人も連れて。そう、釣書は嘘ばっかり書いてあったんよ。

結婚は、逃げ場とちゃうかった。いやそれどころか、家族と離れ、一人で生き抜かなあかん戦場やったんやわ。

玖美ちゃんから手紙が届いた日は、沈む気持ちはいっそう顕著やった。前へ前へ、希望に向かって明るく駆け出す〝夢子〟がうらやましくてね。自分が失った青春という名の輝く日々が、よみがえってはきらめき、胸が詰まる気がしたわ。そやから、ごめん、だんだん返事も出さへんようになっていって、疎遠になってしもた……。

もう玖美ちゃんとは、あのバルコニーで話をしたり、笑ったり、驚いたり、絵を描いたり、そういう幸せな日々に戻られへん。そやかてうちは、そんな俗世の、嘘やら見栄やらにまみれ、地べたを這って暮らしていかなあかんかったから。

羽衣が、戻ってくる。そして、うちの周りに、天に帰る用意の天女がぎょうさんいてはる。そのことを喜びながら、うちは、ただ諦めてうつむいて、天女たちからはぐれて自分の道を行くしかなかったんや。

——ごめん。こんな暗い話ばかりして自分の人生を恨んでたらあかんね。

ただね、一つだけ、あの姫路の家でも、クリスタランはあったんよ。

慶太さんが、お城を見に連れて行ってくれたことがあってね。終戦まもない、十月のことやったわ。きっと写真を撮りたかっただけやろけどね。

初めて顔を見てからまだ四ヶ月たらず。自分の夫がどんな気性の男かもまだわからんと暮らしてる中、天下に名高い姫路の城を見せてやろうというんは、きっと優しさやったと思うねん。

「なんやのん、昼の日なかから夫婦でお城見物とは呑気なことですかいな」

目ざとく義姉さんには見とがめられたけど、今回ばかりは慶太さんが聞き流して行くんを追いかけながら、うちもぺこりと頭を下げて通ったわ。どういうもんか、短い間にも、義姉さんに対してそういう構図ができあがってしまっててん。

町は凄惨なありさまやった。うちが嫁いで半月後の七月三日、いわゆる姫路大空襲で、町はほぼ壊滅してしもうてたから。

目に映るんは、瓦礫となった町並みと、黒焦げになった家々の残骸、そればっかり。そやのに、姫路のお城はあるねん、そこに。焼けもせず壊れもせず、突如として出現した蜃気楼みたいに完全な姿で、廃墟の町の中央に忽然とそびえてはった。

「あれが、お城や」

言われんでも、優美な曲線を引く石垣や、その上にそびえる天守閣の甍《いらか》の屋根は、遠くからもよう見えたわ。うち、もう目が離せへんかった。

「お城は爆撃されへんかったん？」

初めてお城を見るうちでなくとも、それはまったく神々しいほどの光景やったはず。夢中で写真を撮ってるあの人に訊いたら、なんと、お城も空襲を受けたんやて。

「白鷺城との別名がある姫路城の白壁はただでさえ目立つやんか。その上、姫路には陸軍の師団が置かれとったからな。アメリカ軍に爆撃されるんは明らかやった。そやから、黒く染めた網で城の外壁の主な部分は覆い隠されとったんや。けど、そんなん、何のつっぱりにもなるかいな。あの大空襲の日、米軍は姫路城内に爆弾を落としていきよったんやで」

聞いて、驚いたわ。着弾した爆弾は、城跡にあった中学校の校舎を燃やし、炎上させ、やがてすべてを焼失させたんやて。ほかに、西の丸に着弾したのは一発。

そやのに、なんと、その二発ともが不発となり、もう一個、大天守を直撃した焼夷弾も、これまた不発——。

それって、もう、人知の及ばへん何かの力が守ったとしか思えへんやろ？　うち、聞きながら、体が震えたわ。

広大な焼け跡にぽつねんと建つ白亜の城。眺めていたら、姫路のお城は抜きんでてきれいやから、ほかに類のない貴重な文化財やから、そやから焼けなんたんか、と一瞬、思うねん。

けど、そんなわけないわ。ほかの都市のお城はみんなやられてる、名古屋城も、大阪城も、みんなあっさり焼失してる。行ったことはないけどヨーロッパでも、あの人らの神様がおるはずの古い伝統の教会が、無差別爆撃で味噌も糞も一緒に、容赦なく破壊されたそうや。

そやから姫路城は、奇跡なんや。

帰られへん世界、戻られへん天の上。そやけどここには、日本中にばらまかれた無数の爆弾のうちたった三発、それがすべて不発になった奇跡があるねん。としたら、うちは、ここを自分が飛ぶべき天にするほかはないやんか。

不覚にも熱くなった目頭を、夫は気づいとったんかどうかしら。一生懸命、写真を撮ってたわ。傾く太陽が、微妙に天守閣を光らせて、この世のものとも思えなんだ。

それを見ながら、不思議と腹が据わったたん。夢ばっかり広がっていた桜蘭高女のバルコニーの空へは、もう帰られへんし、もう玖美ちゃんとも会えへんけど、うちはここで、自分の羽衣を取り戻そう、そない思って。

第五章　Rappeler brillant《ラプレ・ブリヨン》　ふたたびの輝き

風が吹いたような気がした。

なごんだ空気と談笑する人々のざわめきに満たされたレストランの中。天気がいいので、誰かがドアを開けて外へ出たようだ。

大きなガラス窓の向こう、季節外れの白いガーデンテーブルが並ぶ庭を、子供らが走って行く。それを追いかける若い母親たち。なんとのどかな風景だろうか。

「ここね。この美しい庭を使って、ガーデン・ウエディングっていうのをやるのよ。ほんと、結婚式も、多様化っていうのかしらね。いろんな場所で、いろんなかたち。そうなるとまた、それにふさわしいドレスを作ってあげなくちゃねえ」

なるほど、玖美がこの店を知っていたのは、仕事の関係だったのか。周辺の席で静かにお茶を楽しむ男女の客は、きっといつかここで華燭の典を、と考えて下見に来たカップルなのかもしれない。

大阪の市街地を焼き尽くした空襲で、ここもまた焼かれて半分以上を消失した場所なのに、七十年の時を経て、そんなしあわせな場所になろうとは。

「野外でも、やっぱり花嫁さんは最高にきれいに装わなくちゃね。参集する人々も」

にこやかな玖美の言に、窓子もつられてうなずく。

「七海の時も、ハワイのビーチでお式や、言うんで、みんな何着て行こうかって悩んだもんや。アロハが正装やと認められてる、なんて言われても、うちは断然、着物やったけどね」

「マーちゃんらしいわね。でも、場所がどこであれ、結婚式は土地土地の正装でなきゃ」

「ほんまほんま。人生の、大事な儀式やねんからねえ」

時代は変わる。容赦なく走り過ぎる。人の思いがついていかないまま、残されて。

二人は、一瞬の沈黙の間に顔を見合わせ、ほほえみ合う。

＊

手紙を書いても、マーちゃんからなかなか返事が来ないから、もうマーちゃんは、姫路のご大家の奥様になって、青臭い女学生の頃の友達とはつきあえないんだ、なんて、こっちはこっちでひがんだ日もあったわ。

あたしも、終戦当時は、母を手伝って、毎日が必死だった。

洋裁が爆発的に普及しようとしてたのは、マーちゃんの関西でも、東京でも、同じだったでしょ。戦争に負けて、欧米の文化が怒濤のように流れ込んできたけど、中でもいちばん変わったのが衣服だったものね。なにしろ誰もが復興のために活発に動かなければならなかったし、同時に、戦争中には封印されていた美しいもの、センスのいいものへのあこがれが、堰を切ったようにほとばしっていたから。

母の洋裁教室は大繁盛。いわゆる洋裁学校ブームってやつよ。戦前からやってる教室は知名度も信用もあったから、そりゃもう、生徒さんがわんさか来たわ。

「だけど普通のことだけやってちゃ楽しくないわねえ」

母はアイデアの人だったから、ただ洋服の作り方を教えるんじゃなく、洋裁が少しでも生活の足しになったり誰かを喜ばせたり、自分自身の楽しみになる、ってことを伝えたかったみたい。たとえば、婦人雑誌の『婦人と暮らし』と組んで、編み物を教えたこともその一つ。

誌面で編み物のデザインが発表されると、それをテキストにして生徒さんに教えるんだけど、できあがった手編みの靴下のような作品は、雑誌社が買い取ってくれるの。

編み物を習い覚えながらちょっとしたおこづかい稼ぎにもなるっていうんで、これは大評判でね。

そう、マーちゃんの結婚祝いに贈ったご家族用の手編みの靴下がそれよ。今と違って、出来上がりの品物なんて売ってないし、作るしかなかったものね。

噂が噂を呼んで、生徒さんが増え、昼間の授業だけじゃなく、夜間にも教室を開いて、それでもさばききれないほどだった。もちろんあたしも夜間部で教壇に立って教えてたわよ。

でもやがて文部省が学制を再編、桜蘭高女も格上げされて女子大になる、ということが聞こえてきた。そしたら母が、あたしを呼んで言ったの。

「洋裁教室はあたしがなんとかするから、玖美、あなたは学業に戻りなさい」

すぐには返事ができず、ぼんやりしてた。まさか、まさかそんな日が来るなんてね。人は、下ばかり見て生きてたら、上を見てごらんと言われてもすぐには顔を上げられないのよ。まして、そんなまぶしい天の上を。

また勉強ができるって、夢みたいで、信じられなかった。女学校に復帰。ほんとに？　何度もつぶやいたわ。だってあたしたち、終戦前の女学校じゃ勤労奉仕ばっかりでまともな勉強なんてさせてもらえなかったんだもの。

ああ夜が明ける。雲のむこうに色つきの世界が開けていく――。どんなに誇らしかったことか。町を通り過ぎる人一人一人に、ねえ聞いて、あたし女学生に戻るんです、って言って回りたかった。

もちろん、母はあたしを、舞い遊ぶだけの天女として送り返したんじゃなかったわ。

「玖美。あなたは先々、洋裁学校の経営者として立ってもらわないといけないのよ。だから、その時、世間に侮られないだけの、実力と資格を身につけてきなさい」

たくましい人だった。ただ生き延びたことだけに満足せず、さらに高みをめざして咲く野の花のような。戦争が終わって、母の頭には俄然、あの五百坪の土地が現実味を帯びて降りてきたのね。

復帰した学校では、河原崎先生はもちろん、見慣れた先生方の何人かは姿が見えず、クラスメートでも戻ってこなかった人はたくさんいた。消息が知れない人もいるのよ。戦争で、みんなちりぢり。国語の多田先生は、終戦まぎわに地元に戻って婿養子を迎えたそうだけど、農地改革ですっかり土地を失い、ご実家の没落は見る影もないと聞いたわ。事務の荒木は学校の改変時にそれまで隠していた不祥事がばれ、学校を辞めたそうだけど、これはせいせいしたって感じ。だけど、マーちゃんがいないことで、嬉しいはずの景色までが色を減らして見えた。

マーちゃんは結婚したのだから、幸せなのだからと、自分に言い聞かせて、一人で学校へ通ったけどね。あたし、もともと一人遊びが得意な子供だったし。

とはいえ、今の学生さんみたいにお気楽に、ぶらぶらしてたわけじゃないのよ。昼間はめいっぱい授業をとって、放課後はまた洋裁の専門学校へ学びに行くの。大学は教養や理論を深めるための勉強だったけど、専門学校では、新しく世を風靡《ふうび》したドレメ式の型紙を学ぼうと思って。

戦争中は着るものもなく、みじめな恰好で我慢して過ごしたんだもの。解き放されたからには、よりかっこよくて機能的で、モダンな洋服を追い求めるのは当然よ。世の中はもっとすてきな洋服を求め、それを創造する新しい方法を探ってた。

マーちゃんの言葉を借りるなら、天女の衣へのあこがれの復活、かな。しまい込んでいた羽衣を着て、舞い立つところまではいかなくても、取り出して夢を見ることは許される、そんな夜明けは近かった。

そのはてしなきニーズにこたえてあげるのが、その頃のあたしたちの使命だった。貪欲に、学んだわ。若かったから、食事をする間がなくても、大学から専門学校へ、専門学校が終われば家の洋裁教室へ。一日中フル回転で、もうくたくた。

そのことで、母ともよく喧嘩した。なんであたしだけがこんなしんどい目を見なきやならないのって、何もかも投げ出したこともあったわ。そしたら母がまた言うの。

「なあに？　いやならやめていいのよ、玖美。そのかわり、何のとりえもない女になって、男によりかかって機嫌をとりながら生きていく暮らしでいいのね？　それならいくらでも、あなたに合った縁談を探すわよ」

そんなの、あたしが満足できるわけがない。母の言うとおりだった。母はいつだって、あたしの一歩先に立っていたのだわ。

女子大は四年制だったから、卒業したら二十二。当時はもう、行き遅れなんて言われる年齢よ。それでも母がうるさく言わなかったのは、あの五百坪の土地があったから。娘を嫁に出すことよりそこに学校を建てるほうが母にとっては優先すべきこと。悲願なのだもの。戦争の間、一部が大根畑になったほかは草ぼうぼうのまま放置していた、あの土地に。

いつあちらに？　いつ移転予定？　生徒さんたちはよく母に訊いたわ。そのたび、母は嬉しそうに笑いながら、こう答えてた。

「玖美が大学を卒業してきたらね。まあ期待してね。すごいのが建ちますよ」

ああそうなんだ、と他人事《ひとごと》のようにそれを聞いてたな、あたし。

玖美が大学を卒業してきたら。――ということは、在学中は、ひとまずあたしの行く道が母の夢から大きく離れないうちは、何をしても許されるんだ、って理解したわ。たどりつくのは母のあの建設予定地だと刷り込まれながらも、もしかしたらそこではない、そう、どこかに、ほんとの自分の居場所がほかにあるような気がして、まったく別の分野にふらふらと足を踏み入れたこともあったわ。

ある日突然、いつものように大学の授業がすんだ後、食事もろくにとらないまま駆けつけるべき専門学校への途上で、ふと一枚のポスターの前で足を止めたの。巣鴨に劇団の「文学座」の附属演劇研究所が開校し、アトリエ公演が始まるという案内だった。それを見た時、なぜかとても心が波立ったの。

それまでのあたしときたら、東京大空襲の翌日だって学校に行こうとしたほど真面目子ちゃんで、洋裁やデザイン以外の道を知らなかった。そして、来る日も来る日も軍服のボタン付けをした戦時中の記憶がよみがえったとたん、体の中から震えが来て、そして、行こう、と決めたのよ。

何もかもが変わろうとしてる。もうじっと身を潜めているべき夜ではなくて、違う光が射しそめようとうごめき始めている。だったらちょっとだけ欲を出して、戦争のあいだ見ないでいた夢の方角に歩いてみてもいいんじゃないかしら。

製図の道具や型紙集をほうり出し、文学座の研究所へ向かったわ。あんなことは初めて。解放された気分がした。何から解放されたの？　わからなかった、ただ、あたしはじゅうぶん若い、そう思った。

戦争という国家ぐるみの価値観が崩壊した後、誰もが新しい人生の目標や、生きていくささえやら、価値観やらを探していた。中途半端に若く幼い者たちは、未来の余白が広い分、そこに何を描くか、もっとも漠としていただろう。

玖美もその一人だった。文学座の扉を叩いた時、それは別の世界へ瞬間移動できる格別な装置のように思えた。

どこでどう耐えて戦争の期間を過ごしたものか、そこには決して少なくない数の男女がいて、それぞれ役者や脚本家や演出家を名乗り、いわゆる舞台人として集まっていた。

面接して玖美を研究員に加えたのは、中心俳優の芥川比呂志で、男性陣が大学卒の教養人ばかりであるのに対し、女優陣がまだその域から現れていない現実から、玖美のような現役女子大生を歓迎したのだった。

芥川は玖美の目からはかなりの大人に見えた。戦争中は大学を繰り上げ卒業させられ、陸軍予備士官学校に入るかたちで戦争に組み込まれた。その後、将校として内地に残り、空爆してくる敵機を高射砲で撃ち落とす現場の指揮官として戦ったが、敗戦は東京で迎えたという。陸軍中尉だった。

玖美には、母がいずれ婚約者にと望みながらペリリュー島で戦死した帝大生の冨田がだぶって見えた。しかしもちろん芥川には出征前に結婚した妻があり、子供も三人いるということで、あこがれの先は閉じていたのではあるが。

無事に命ながらえた芥川は、家族が疎開していた藤沢の実家に復員するが、さっそくその地で、交流のあった文化人らとチェーホフの『熊』を上演するなど、軍人から一文化人へ、心のリハビリを試みたようだ。そうして東京に戻ってきて、心を同じくする仲間たちと劇団を旗揚げしようというのだった。

その教養の深さにすっかり魅了され、その日から崇拝者となってしまった玖美だったが、女優としての稽古より、どうしても舞台衣装に目が行くのは無理もない。チェーホフ、シェイクスピア、劇団で取り組む演目の本読みがあるたび、作中の人物の心理を汲むより、どんな衣装で現れるだろうと、そちらの方に多く想像を傾けるありさまだった。

そんな玖美の変化に気づいた母の浪子は、洋裁学校設立の夢にそなえて研鑽《けんさん》すべき跡取り娘が、演劇などにうつつを抜かし始めたことに気が気でなかったことだろう。

しかしけじめの時は案外早く来る。

一年ほどたったある日、芥川に呼ばれた玖美は、煙草の煙がたちこめる部屋で、人生の道標を、くるり、元に戻されることになる。

「佐倉君。青春の時間は貴重だ。きみはまだ学生なんだから、すべきことをしてから来たって遅くない。大学をちゃんと卒業してまた来たまえ。きみの席を空けて待っているから」

それは、戦争のために繰り上げ卒業させられ青春を奪われた芥川だからこその忠告であったろう。年齢にふさわしい時を、たっぷり味わい過ごせ。そうすればその時間の上に無理なく成長が積み重なる。――言われた当初は、自分が演劇に向かないから、暗にクビにしようという魂胆だろうかなどと勘ぐりもした。しかし玖美には、ありがたい先輩の意見として受け入れる素直さがあった。

「わかりました。でも戻ってきたら、『オセロ』のデズデモーナをやらせてくださいね」

〝夢子に夢代〟はその時も健在で、そんな大それたことを言って、芥川をほほえませた。

興味をそそられたことについては、あきらめるよりは、手を出す方がいい。ひるむよりも踏み込んだ方がいい。その方が、後悔せずにまた前へ進める。玖美が身をもって学んだ哲学であった。むろん、この時、母の浪子が芥川に宛て、

「うちの娘を返してください、あの子は洋裁学校を継ぐべき跡取り娘です」

などと手紙を書いたことなど、玖美は知る由もない。

不確かで、つかみどころのない玖美の夢に対し、五百坪の建設予定地という浪子の着実な夢が、うち勝ったのであった。

まったく、母にはかなわないわね。わが子の人生、生きる領域を意のままにする全能の主。二十代そこそこのあたしのありようなんか、すべてその掌の上のできごとなんだから。

でも、それであたしは納得がいったの。女優になるにはあたしは可愛くないし、演出するには内気すぎるし、脚本を書くには絵が捨てられない。消去法で、進むべき道が見えてくるってことを学んだわ。

戦争中、軍服のボタン付けばかりさせられて奪われた青春を、あたしは過不足なく取り戻した気がしたの。人間、納得するって、大切よ。納得しないまま生きてたら、いつか不満だらけになっちゃうんだから。

そうしてあたしの前に残ったのは、やっぱり、デザイン。あたしはほんとにお洋服が好きなんだって、回り道をしてみてわかったの。

母の勝利ね。だって、あたしはそうやって育てられ生きてきたんだもの、洋服を生み出す現場で。

ただし、あたしは負けたんじゃない。ふらふらと迷いはしたけど、ちゃんとこの手で、納得ずみで、あの五百坪の、夢の土地へと自分の意志で戻ったの。敗者のいない一つの幕引き。そして同時に、あらたな時代の幕開けだった。

卒業後、母の洋裁教室で教壇に立っていたのだけど、もっと大きな施設が必要だってことを痛感していったのよ。大学卒の〝若先生〟が戻ってきて新しい製図も教えてくれる、ってことで、佐倉洋裁教室の評判はいやが上にも高まっていて、入学希望者がわんさか押し寄せ、教室はいつも満杯の飽和状態。生徒さんは千人ちかくに増えていたんだもの。

そこでとうとう、母の夢のあの土地に、佐倉洋裁学校を建てることを決心したのよ。でも、単に今までの洋裁教室を大きくしただけのものではやる意味がない、と思ってた。母とあたし、何度も話し合って、ちゃんとした教育機関としての、学校法人を作りたいという夢を確認し合ったわ。

一学年、二学年と修業期間があって、その中で学ぶべきカリキュラムが定めてあって、すべてを習得した者には正統な修業証書を出してあげられる。そういう、正式な学校。

それにね、学校法人になれば税制面でも優遇があって、経営的にもらくになるメリットがあるのよ。もちろん誰でも学校法人にできるわけでなく、実に細かい規定があって、審査があるんだけどね。

まず第一に、理事を筆頭に人数をそろえなければならない。父ちゃん母ちゃんの家内経営じゃダメってことね。そして第二、自前の校舎でなければならない——。

人材は育ってるし、土地はある。そこへ自前で学校を建てるだけ。

だけどそれについてはあたしにも理想があった。桜蘭高女まではいかないまでも、美しい衣服をつくるにふさわしい環境がいると思ったの。クリスタランに満ちあふれ、生徒たちの輝きの原石に化学反応を起こせるような、そんな学校。

それにはとてつもないお金が必要だってこと——、初めて現実に直面したわ。資本がなければ、何も始められないのね。

それで、生まれて初めて、銀行にお金を借りに行ったわ。建設会社に契約に行くのも初めてだった。あたしが一人で行くと、相手はみんな驚いてね。ちゃんと母とあたしの二人の収入や納税証明も提出してるというのに、

「お嬢さん、お父上はご一緒ではないんですか」

いつもそんなふうに訊かれた。要は、男はいないんですか、って確認よね。

母が土地を購入した時は、祖父も健在で父も現役だったけど、今回は祖父も亡くなり父は退職していたから、女二人、みずからの返済能力を審査してもらうしかなかったのよ。

たぶん、こんな若い娘に何ができる、って思ったんでしょうね。無理もないわね、あたし、まだ二十五歳だったんだもの。

だけどこれは女の事業。仮に父が現役だったとしても、保証人としてハンコを押しただけでしょう。実際に働いて返済していくのはあたしたちよ。そして立派にやっていける自信があるから頭を下げに来たんじゃない。なのに、なかなか銀行はウンと言ってくれない。それであたし、一計を案じて建設予定地に、電車の窓からでも見えるように、大きな看板をぶっ建ててやったの。

「東京文化服飾学院　製図科・デザイン科・縫製科」

本格的な学科を具体的に書いて、「開校予定・建設予定地」っていう表記は虫眼鏡で見ないとわからないくらい小さくね。あはは、いかにももう開校しているような空気を漂わせてみせたわけよ。

少しお金をかけた小洒落た看板だったものだから、駅からも電車からもよく見えてね。どこにあるんだ、どんな学校なんだ、って噂になって、それに押されるように、とうとう銀行も承諾したの。支店長がものわかりのよい人で、きっと通勤の時にあの看板を見たんだわ。そんな立派な学院ができれば町の格が上がるし、住人の資産価値も上がって、開発が進めば銀行だって新しいビジネスチャンスがあるかもしれないわけだもの。女だからって傍観してるだけじゃ、自分たちも乗り遅れちゃうことに気がついたみたい。

ところが、工事が始まったのに、一部に窪地があって、そこを平らに埋め立てないと建築申請ができないことが発覚したの。一難去ってまた一難ってやつね。慌てて地盤工事からやり直してもらうように頼んだわ。

ところが、またまた女の施主だからって、建設会社に舐められて、こっちが焦れば焦るほど、逆にちんたらちんたら、スピーディーにやってくれないの。頭にきたわ。学校法人の審査の期日に間に合わないじゃないの。

それなら自分でやるわ、って思ったわよ。

日暮れてから母と、目立たないトレパンに着替えて、二人で窪地に土を運ぶの。ヨイトマケだわね。明るいうちだと人目についていて、みっともないでしょう、そこはやっぱり、嫁入り前の若い娘だからね。

でもいつかそれも人の知るところとなって、なんと毎朝新聞の記者が記事にしたの。

「お嬢さん奮闘記　――K町に夢の服飾学院を」

そんな見出しだったかしら。トレパン姿で母と手押し車で土を運んでる写真まで載せられちゃったんだけど、我ながらそれがなかなかイケててさ。

読者の同情が集まり、建設会社に批難やら陳情やらが殺到して、社長が慌てて工事現場を一喝、檄を飛ばしてくれた。現場の人たちは、掌を返したように力を入れて埋め立て工事に励むようになって、ようやく建設がスタートしたって按配。

その記事は、こんなにがんばるお嬢さんに、どなたか苦労をさせないいい人はいないだろうか、なんて結びになってたもんだから、縁談がいっぱい来てね。その時代は世間もおせっかいというか、親切だったわよね。うちの場合は、洋裁教室があったから、一緒に経営してくれる婿養子の話ばかり。帳簿ができますとか経営学部を出ました、とか。

でもね、あたし、そういう人には心が動かないのよ。あたしをささえてくれるパートナーがほしいんじゃなく、あたしに上を向かせ、飛び立つ意欲をかりたててくれる、そういう尊敬できる人を望んでたの。人生、水平飛行なんてつまらないじゃない。飛ぶからには上昇しなきゃ。それには、夢を見たまま常に上空めざして飛ぶのを見守ってくれるパートナーでなきゃ。後に、四十代で、巡り会うんだけどね。ええ、――主人よ。

大蔵省の官僚で、降るほど縁談は来たのに、よほどおもしろいパートナーに巡り会わないかぎり一人がいい、ってことで、その年まで独身でいたの。何でも自分でできる人だったから、特に不便もなかったんでしょうね。でもそりゃあね、おもしろい人生ならあたしにまかせて、って言いたいわ。デザイナーとはいったい何する者ぞ、という興味があるなら、きっとあたし、奥が尽きないと思うの。ただ、あたしの型破り具合を、おもしろい、って感じる男の懐の深さというか、余裕がなくちゃ務まらない、と思ったけどね。

まあ実際、それで結婚しちゃったんだから、やっぱりあたしのこと、おもしろいって思ったんでしょうね。

結局、主人とは、二十年しか一緒に生きなかったことになるけど、おもしろかったし、楽しかったわ。あたしへのアドバイスも、いちいち的を射てたしね。

彼も彼で、決して安穏《あんのん》と一つの生き方におさまらず、停年後には天下りを嫌って完全フリー。と思えば、なんだかこの頃部屋に籠もりっきりねと話してたら、二十代の学生にまじって司法試験を受け、最高齢で合格しちゃったり。もちろん新聞にも載る騒ぎだったのよ。あたしが言うのもおこがましいけど、こういうのって切磋琢磨ね。

おたがい並んで立って、そして磨き合って高め合って、上に向かって飛ぶ。もっと高く飛ぶ、そんな感じ。

亡くなってから、大蔵大臣がおっしゃったの。

「あなたは私が彼の上司だったことも知らないでしょう？　でも僕はあなたのことをよく知ってますよ。だって彼が、ずっとあなたの話ばかりしてましたから」

いなくなってもそうやって、あたしのそばに立ち現れるのよ、あの人。

なのにあたしにはつかめない。あたしね、できることなら、あの人にもう一度会いたいの。そして、聞いてみたいのよ。大臣に、あたしのどんな話をしてたの？　って。

きっとこの時の奮闘もネタにしてたでしょう。きみは追い詰められても動じない人だから、相手もいじめ甲斐がなかったことだろうな、なんて言ってたに違いないのよ。

たしかにそうね。追い詰められても、いつもなんとかなってしまうの。空襲の翌日に鉄橋を歩いて渡ったあの日みたいに、後ですごいことをやってのけたもんだと震えることもあるけれど、なんだかできちゃってる。そばで見てる人は肝を冷やしてばかりでしょうね。だけど主人はけっこう平気な人だった。いつも高笑いしながら見ていてくれたものだわ。

だからね、死んだ後も主人が時々立ち現れてあたしの心を乱していっても、泣くのは少しだけなの。すぐにあたしを、しなくちゃならないことが追いかけてくるから。

きっと主人もそんなあたしを〝高みの見物〟してるでしょう。目先にやるべきことがあるっていうのは、いいことだわね。

ともかく、まだ若かったあの頃のあたしは、学校法人を作り上げる、そのことで頭がいっぱい。体は全力で動いていたから。

そうして完成した学校だもの。マーちゃんにも見てほしかったわ。

外側に二階に上がる階段があって、上がったところにはバルコニーがあるのよ。あたし、その傍らに欅の木を植えたの。ちっちゃな若木だったけど、育てば、あたしたちが過ごしたあの桜蘭のバルコニーみたいに、ぱらつく雨からも守ってくれる立派な木陰になるかな、って。そしたらあたしとマーちゃんみたいな〝夢子に夢代〟が、その場所でまた一つ夢をデザインすることになるかもしれない。そう思って。

第六章　Think pink《シンク・ピンク》　命の色を探して

勢いよくカップを置いたから、かしゃり、とスプーンが跳ねて音をたてた。窓子は、少し、興奮ぎみだった。

「やるわねえ、玖美ちゃん。あなたらしい、とっても胸のすく奮闘記やわ」

ただ感心したと伝えたかった。すると玖美は照れたようにティーカップを口へと運ぶ。

「若気の至り、ってあるじゃない。もう今はあんなこと、できないわ」

そうして二人、顔を見合わせて、笑った。

「ねえ。……玖美ちゃんとうち、東京と姫路に離れてはいたけど、きっとどこかで同じものを見ているだろなって思った映画があった。もはや戦後ではないって言われた昭和三十一年の、翌年公開のあの映画よ」

言うと、玖美もまた勢いよくカップを戻す。かしゃり、スプーンを鳴らせた後で、

「『ファニー・フェイス』！」

二人、声を合わせた。

そして互いに見合ってはじける笑い。

それはオードリー・ヘプバーン主演の夢のように美しいミュージカル映画で、相手役のフレッド・アステアのダンスもすばらしかったが、なんといっても、そのファッションが世界中の女性にため息をつかせた名作だ。

「邦題の『パリの恋人』は、いいタイトルだけど、やっぱり飛躍しすぎた翻訳よねえ」

Funny Face《ファニー・フェイス》と、二人、同時に言って口をすぼめる。

「そう、玖美ちゃんの笑ったその顔。とびきりの〝変顔〟をいうのよね」

「変顔はひどいわ。印象的なショット、と訳したらいいんじゃないの」

たちまち、同じものを見たどころか、同じようなことを考え同じようなことを批評し合ってこの映画を楽しんだことが窺い知れた。

あの鮮やかでカラフルなモードの数々、オードリーの清楚さ、アステアの軽快なステップ。何より、パリの町の、重厚で、洗練された町並み。そのどれにも感動し、夢見心地で映画館を後にした。そう、あの時も、まるで二人で一緒に映画を見たかのように。

「うちの学校法人では、卒業制作でファッションショーをすることにしてたんだけど、あの映画が流行った年は、まったく同じデザインを型紙から起こして制作させたのよ」

母親と二人、苦労して建設した洋裁学校は、学校法人として開校するや、たちまち二千人規模にふくれあがり、さらに内容の充実をはかって他の学校との差別化を進めていた。卒業制作のファッションショーもその一つで、外部からも大勢のお客さんが観に来る名物イベントにもなっていた。

その年のショーでは玖美が足を運んで紡績会社の協力を取り付け、使用する生地を提供してもらったのだ。それを宣伝材料にしてもらえば、紡績会社にも損はない。実際、「都内の洋裁学校が『パリの恋人』の衣装を再現」というので新聞記事にもなり、話題になったものである。

「アイデア勝負は母ゆずり。思いついたことは当たって砕けろ、よ」

「さすがやねえ。そんなバイタリティーが玖美ちゃんの静かさのどこに秘められてるんやろか」

感心続きの窓子は、自分のささやかな思い出を話しにくくなる。

「うちは、――ピンク」

あの映画では、冒頭にファッション雑誌の編集長が、ことしの色はピンクよ、だからピンクで考えて、と命じるシーンがある。そして歌とともに靴も帽子もバッグもすべてピンクになってしまうのだ。

「あのキラキラのハイヒール、シルクサテンのパーティーバッグ、どれも胸がときめいた。そやから生徒たちにも、ときめくピンクで作品を作らせたんよ。もちろん、姫路の田舎でいきなりピンクの服は着られへんから、枕カバーとかエプロンとか、小物やったけど」

世の中に明るい色が何もなかった終戦直後だ。差し色のようにその鮮やかな色を使ってみれば、不思議と暮らしを活気づけられた。

「あら。マーちゃん、あなたも生徒さんを持ってたの？」

そのまま流れてしまいそうな会話の細部を聞き取って、玖美が訊いた。

あ、と窓子が姿勢を正す。

そこはまったく玖美に話すつもりのなかった結婚時代のことだった。ピンク、ピンク。異文化ともいえる嫁ぎ先の暮らしの中で、懸命に自分の差し色を探していた。

「玖美ちゃん、実はうちも、短い間やけど洋裁教室をやってたことがあるんよ」

言えば、玖美が驚いて目を見開くのがわかる。

プリンセス洋裁教室――。今思えば、よくそんな気恥ずかしい名前を冠にしたものだと思う。しかし、仮住まいにも等しかった姫路時代は、毎日お城が見えて、姫路の〝姫〟をつけたかった。やっぱり若かった。そしてやっぱり〝夢子〟だった。

＊

うちもね、玖美ちゃんとこほど大規模な学校やないけど、生徒さんは五十人くらいいてはったかな。洋裁を習いたいという人が多かったからねえ。あの時代、新しい布地なんて手に入らへんかったから、古い着物をほどいて洋服に仕立て直す方法を教えたんやけど、これが大好評で。

手に職があるって、ありがたいねえ。うち、人に教えるんは好きやったわ。恥ずかしい話やけど、夫の慶太さんが、家も仕事も失ってしもてね。あれは、ほんまに衝撃的やった。

結婚して三年目のお正月やったわ。京都の家に夫婦で里帰りしてる間のことやった。うちが実家に帰る時には、常々、いやな顔して皮肉を言う義姉さんやのに、この時ばかりはえらい黙って見過ごしてくれはると思ったら、帰ってきたら家の中はからっぽ。うちらの留守に、家具も何もかも全部運び出されて、欄間に掛けてた絵まで持って行かれて、破れた窓からお月さんが覗いてはった……。

あまりの光景に、何が起きたか呆然とするばかりのうちらの前に、ふらっと、月明

かりの中から、おかめ人形みたいに惚《ほう》けたお姑《かあ》はんが現れて、お帰りとも言わず、

「マー子はん、ごはん、まだやろか」

って、言わはるねん。

義姉さんは、茶棚やら水屋やら大きい家財道具一切合切、持っていきはったけど、いちばん嵩の高いお姑はんだけ置いていかはったんや。あいかわらず古い母屋のいっとう広い座敷を隠居部屋にして。

思い返せばその数ヶ月前から義姉さんが隣の空き地に家を建て始めてはってね。うちは甘いから、結婚以来ずっと家の中に居座って家事を取り仕切ってた義姉さんが、いよいよ別居してくれはる、やっとうちらだけの家になるんや、と思って喜んでたもんや。

それというのも、何度かうちの様子を見に来てくれた淳之介兄ちゃんが、大家族で下働きみたいにして暮らしてるマー子がかわいそうや、言うて怒ってね。仲人さんに、縁談を持ってきた時と話が違う、って文句つけてくれたんよ。義姉さんが二人も子供を連れて出戻ってきてはるなんて聞いてなかったし経営にかかわりはるんも聞いてない、って。

それで、返ってきた答えが、家は別に建てる、ということやった。ただし、工場の

経営は、いきなり慶太さんに全部まかすんは無理やから、慣れるまで手伝って、その先は義姉さんが別な商売を始める——たとえば下請けをしはる、ってことになってたん。

それやったら、女手一つで子供二人育てはるんも大変やろから、すこしは生計が立ちゆくようにと、隣の土地や、ほかに持ってる借家なんかを譲ってあげることになってね。うちも、いずれ財産分けはせんならんねんし、今の間にしといてもろたら先で文句も出えへんやろと賛成して、慶太さんも快くハンコをついたんや。

けど、それがいったい何の権利書やったんか。気づいてみたら慶太さんには、古いだけの母屋しか所有権がなくなってた。義姉さんに、うまいこと騙されてしもたんや。

義姉さんにしてみたら、嫁ぎ先の旦那さんの浮気が原因で離婚したのに、さも義姉さんが出来の悪い女やったみたいに言いふらされて、何が何でも娘たちには嫁ぎ先よりええ暮らしをさせたろと、そらもう必死やったんやろね。ぼんぼん育ちの弟よりも、自分の娘の方が大事、いうんも当然や。うちも、後で自分が母親になって子供を持つ身になったら、それがようわかったわ。

そやけど、工場も家も乗っ取るなんて——。血のつながった姉弟でも、他人の始まり、いうんはほんまやった。

情けないんは、そんなことになっても文句の一つも言えへん慶太さんや。工場の方も義姉さんにまかせっきりで、何の実権もない。工場に行ったかて、従業員はみんな、義姉さんの言うことしか聞かへんし、邪魔にならんよう応接室でカメラを磨いてるか、工場の周りで写真を撮ってるだけがあの人の仕事やったんやから。

そんな時、嫁入りに持って来た荷物を開けてみたら、百合の柄やら菊の柄やら、お気に入りの着物がなんぼか見当たらへんのよ。前に、姪らがほしそうな顔して見てたから、きっとあの子らのしわざやとはわかったわ。お父ちゃんが戦争中に無理して用意してくれた着物やもん、それだけは返してほしい。意地になって慶太さんを揺さぶったわ。そやかて、それって泥棒やん？

そしたら慶太さんはしぶしぶ隣の義姉さんの家に行って、取り返してきはった。ほれ、これで文句ないやろ、って、うちに投げつけるようにほうり返すねん。

でも、違うやん、それはもともとうちの着物やん。取られたもんを返してもろただけで、英雄顔でこれで文句ないやろ、なんて、おかしいやん。結納で買《こ》うてもらうはずの箪笥が、いつのまにかうやむややから、こういうことになったんやわ。うちの嫁入り道具、誰でも開けられる桐の衣装箱に入れてるだけやったから。

どうやら、ほしがる姪らに着物をやった張本人は、慶太さんやったらしいねん。

どないなっても、身内にだけは甘いねんなあ。もう、どないしようもないわ。暗澹としたけど、そやからいうて、怒って実家には帰られへんしね。あの頃は、どんな辛抱しても嫁ぎ先で一生を終えるんが女の務めやったもん。

そやけど、こんなことされて、どないして食べていったらええん。

こうなったら、うちにやったたって意地ゆうもんがありますやんか。それやったら工場なんかあてにせんで、うちが洋裁学校でもやるわ、ということになったわけ。

姫路の町なかに何軒かあった借家が空襲で焼けたん、さすがの義姉さんも見落としてはってね。権利書はまだお姑はんの名前やったから、それを使わせてもろて、周辺が建て直し始めてるのに合わせて平屋建ての簡単な長屋を建てたんよ。材木も大工さんの手間賃も高騰してたからえらいかかったけど、それでも初めて自分で持った自分だけの場所やもん、そら、嬉しかったよ。何より、家の隣に完成した義姉さんのモダンな家に圧迫されるような母屋から、はればれ、電車に乗って町まで通うんは、なんや女学生に戻ったような気がしたわ。そう、うちにも、何かが変わる、暗く沈んだ夜はもう終わりやと感じられたん。

車窓の景色や乗り降りする人の顔やたたずまい。眺めているだけで、世間が動いて変わっていくんがわかった。玖美ちゃんは、ずっとこんなふうにして通学してたんやなど、考えたり。

開校には慶太さんもそれなりに手伝ってくれて、いっぱい写真も残ってる。どれもしあわせそうな顔した写真。いきいきしてる。写真は正直やもんね。

うちは凝り性で、教え方も丁寧すぎるから毎日くたくたやったけど、授業がすんで家に帰る前、物干し台に上がればお城が見えてね。黒い防護網がはがされて、もとの白鷺に戻ったお城は、朝に夕に、眺めるだけで心が晴れたわ。

うちの教室なんか、とてもお城には及ばへん粗末な小さいもんやけど、でもこれがうちの拠点や、初めてのお城や、って思って眺めてたら、ある雨上がりの日、虹が出てね。お城と虹。もう、最高のもんを、うちは手に入れてると思ったわ。

虹って、食べられへんし何の役にもたたんけど、人の気持ちだけはキラキラさせるやない？　子供の頃の、お嫁さんの行列が撒いてくれた金平糖のお菓子みたいに。

——けどね、そのままではすまへんかってん。人生って、穏やかに静かに落ち着きそうに見えて、突然ぐらっと足下を覆されるんやな。

うちが洋裁教室に出かけている間は家で留守をしとった慶太さんが、訪問詐欺に遭《お》うたんや。騙されて、とんでもない借金を背負わされることになってしもた……。

その詐欺、誰やったと思う？

玖美は目をぱちくりさせた。窓子の話にたいへんな苦労がしのばれ胸が塞がる思いではあったが、まさか自分が詐欺と知り合いであるはずはない。

だが、その名を聞いた時は信じられずに絶句した。なんと、桜蘭高女の事務職の、荒木文吉だったのだ。

窓子たち生徒は毎月の学費を現金払いで事務室へ持参するので、どの教師より顔見知りの職員といえた。ムッシュ河原崎の校外授業で上野の美術館へ行った時も同行してきたことがあり、窓子たち生徒の家庭事情も把握していたものと思われる。

戦後、学校制度が変わって教務が一新された折、その荒木が、長年にわたって生徒らの学費を使い込んでいたことが発覚した。もちろん横領罪で懲戒免職となって女学校を逐《お》われたが、その後、事情を知らずにちりぢりになった桜蘭の生徒、同窓生の家を訪ねては、詐欺や強請《ゆすり》まがいのことをやっていたらしい。

窓子が在宅していればすぐに怪しいと気づいたのだが、人のいい慶太は、自慢のカメラや写真を褒められ心を許し、彼が窓子の苦労を知って訪ねてきたものと解釈した。そして、窓子が洋裁教室でがんばっている話になり、それならさらに大きく拡充するための土地を〝格安で〝何回か払いの割賦で〟しかも〝無利子で〟紹介しようか、ともちかけられたのだ。驚かせるため窓子には内緒で、と巧みに口封じされたのは典型的な詐欺の手口だろうが、慶太は疑いもせず従った。

そんなすべてがわかったのは証文にハンコを押した後だった。

むろん、荒木が言ったような土地はどこにもなく、証文の書面の、巧い条文を連ねた最後に、それとわからぬように記された厳しい返済条件により、たちまち慶太は多額の負債の取り立てに遭うこととなった。

「そんな——」

言ったきり、後にはどんな言葉も出てこなかった。ただその証文を読み返すばかりで。

「すまん。まさか、そんな人やとは思わんかったんや」

誰だってそうだ。妻の通っていた女学校で働いていて、妻の子供の頃をよく知っていると言われ、一つ二つ思い出話でもされたなら、疑う気持ちなど出ないだろう。そこを狙うのが詐欺だった。慶太は顔を苦痛でゆがめ、拳で自分の頭を殴った。

どうしてそんなものに騙されたか、何がどうなっているのか、詐欺というものは素人考えの枠を超えている。悔いても責めてももうどうすることもできないことだけはわかっていた。となると後の策は返済しかない。

「あんた、悪いけど、その写真機、売ってきてくれはる？」

ドイツ製の希少な写真機だった。ほかにも映画の撮影機や映写機もある。きっと高価で売れるだろう。表情の失せた顔で、窓子はぼそっと一言、そう言った。

だが慶太はとたんに口をへの字に曲げ、まるで愛し子を胸に抱くように、写真機を両腕で抱えて黙り込んでしまった。後は何を話しかけても答えない。小刻みに震えながら、写真機をきつく抱きしめている姿は、まるで子供だった。

むろん、義姉のもとに駆けつけ、相談したが、

「ようそんなあほなこと。あんたが慶太をちゃんと監督してへんからや」

逆に叱りつけられる始末。何の救いの手もさしのべてはくれなかった。

かけずり回って、何度目かに銀行に駆け込んだ時、ようやくまともな解決法が示された。

「そうですな。あの教室を、名前ごと、通ってくる生徒さんごと譲るんなら、生徒さんには迷惑かからんし、なんとか支払い額にはなりますやろ」

その場に窓子はへたり込んだ。ほかに、ほかに方法はないのか。

うまく飲もうとするのに動かぬラムネの玉。出口で塞がり、ころりともいわない。

――へたくそ。

どこかで、誰かの笑う声が聞こえた。遠い夏、ラムネの泡の中に沈んだような淡い記憶。

ちろりん、風鈴が鳴り、瓶を傾け苦もなく窓子にラムネを飲ませてくれた男の顔が浮かんだ。光平さん。——名前が浮かぶと同時に、言いしれぬ悲しさがあふれ、胸がしめつけられた。どこかで祇園祭のお囃子が聞こえた気がした。

意のままにしようと無理に傾けても動かぬ玉は、そっと違う手段でやってみればラムネを注ぐ道を開く。今度は一人分、買ぉたるからな。——明るい瞳で約束したのに、今はどこにもいない人。

なぜに今になって思い出したのだろう。話したことは一度きり。恋とも呼べない、淡く希薄な記憶を残し、遠い少女の頃に通り過ぎてしまった人である。

もしも生きていたならどうしたろう。戦争がなかったならばどうなったろう。戻りたいのに戻れない。飛び立ちたいのに飛び立てない。自分が天女でないとはわかっていても、なくしたものは羽衣のように、ふわり、軽やかでまぶしい。

声を出して泣いてみた。すると止められなくなり、思いきり、泣けた。

自分の泣き声の中で、祇園祭の山鉾が、涙にゆらめきながら浮かび上がる。たわわに吊るした祭灯を、赤く華やぐ灯りに染めて、コンチキチン、と動いていく。どこへ行くの、慌ててあの人がどこにいるか探すまもなく、山鉾は背を向ける。壇上に並ぶ囃子方の男たちのそろいのゆかたも、いつか藤田画伯が描いたカーキ色の軍服に変わっていた。

そっちはだめだ、そう叫びたい、とどめたい。なのに、山鉾は窓子を振り返りもせず、コンチキチンと進んでいく。絶海の孤島へと乗せられていき、置き去られ、そして二度と帰れぬ故郷を思って耐える定めの男たちが、笑みなく奏でる祭り囃子だ。

窓子はもう一度、声を上げて泣いた。

人は、帰れぬ天にあこがれながら、それとは別に、生き抜かねばならない地面がある。そこで死ぬしかないとわかっていても、最後の最後まで生きて地面を守った彼らのように。

涙を拭い、窓子は大きく深呼吸した。

腹はくくった。夢を、家族を、人生を喪《うしな》った彼らを思えば、自分の喪失感など、毛ほどもない。

借りてもいない大金を返すため、洋裁教室を手放すしかなかった。でないと、利息はふくらみ続け、とんでもないことになる。裁判をかわすための、そこが詐欺の手口であろう。

焼け跡に、ゼロから建てて今日まで心血を注いできた教室だ。自分の腕をもぎとられるような痛みが胸をえぐる。だが背に腹は代えられない。買いたたかれて、無体なまでの値段であったが、それ以外に方法のない窓子たちには、ありがたいと思わねばならなかった。

「みなさん、今日までありがとう。明日から経営者が変わります」

皆に挨拶をした時だけは、さすがに悔しさに胸が詰まった。

そんな瞬間すらも、慶太は一緒に教室に来て、窓子を写真に収めている。あんたのレンズに感情はないん？　彼のいきすぎた写真癖については何度も口論をしたが、言ったところでむなしさだけしか残らないのは、もうよくわかっていた。

さて明日からどうして生きていく？　まるで崖っぷちに立つような、切羽詰まった状況の中でも、ごめんごめんと詫びるだけの慶太には、何の策もないのだった。それでも、悪びれず、なんとかなるで、と窓子を慰める暢気《のんき》さには、誰のおかげでこんな目に遭っているのかという怒りをくじき、窓子を脱力させたものだ。

京都に帰ってこい、と兄の淳之介が見かねて言った。空襲で焼けなかったおかげで、京都の町はどこより早く活気を取り戻していたのだ。

別れる覚悟で、慶太に、京都へ帰ることを告げようとしたその日、姑が逝《い》った。外で働いたことのない慶太だが、窓子が洋裁教室に行っている間はよく母親の面倒をみて、介護を尽くし、姑にすればこれ以上ない幸せな最期であった。

「お母ちゃんがいてへんようになったんやから、わいも、京都に行ってもええで」

なんとも無邪気なその言いように、毒気を抜かれた窓子であったが、捨てていくわけにもいかなかった。結婚して五年あまり。すでに窓子のいちばん近しい家族になっていた慶太だった。

胸の中をラムネの泡が、苦く、小さく、上りたっていった。


ふりだしに戻る、っていうのはこのことやねって思ったわ。

うちに残ったんは、生活のために一円も稼ぐ能力のない夫と、古い古い母屋だけ。お姑《かあ》はんを見送って、空いた部屋は日当たりがようて、家の中の一等部屋。ここで、また性懲りもなく、洋裁を教え始めたわ。

もっとも、町なかと違《ちご》て、今度は五、六人の生徒さん。月謝も格安にしたから、貧乏な家の娘さんばっかりでね。ピンクどころか、新《さら》の布も買えず、ほどきなおした粗末な絣をつぎはぎにして持ってくる始末。あまりのことに、うちが、嫁に持ってきた小紋なんかをほどいて、教材にしてあげたくらいや。

お父ちゃんが嫁入りにこさえてくれた着物も、ずいぶんお金に換わったわ。なんせ品がええから、物資の乏しいその時代、ほしがる人はいっぱいおった。

無職の夫との貧乏暮らしに、そない上等な着物は要らへん。着ていくとこさえないんやし。持ち腐れする宝なら、裸一貫の出直しの証に、こっきりお金に換えてしまお、と思ったん。心の中で、お父ちゃんに手を合わせながらね。

お兄ちゃんに相談したら言葉を失ってはったけど、できるだけ高く買《こ》うてくれる人を当たってくれて、予想以上の額にしてくれてね。その時、勧められて、必要以外は株券に換えといたんがよかったわ。戦後の好景気で倍にも三倍にもなったんやからありがたかった。もちろん当初は、配当金だけでは食べていけんから、内職もしたよ。嫁に持ってきたミシンがここでも助けてくれた。

肩が凝って、自分でとんとん、と拳で叩いてほぐす時、ふと首をめぐらせて廊下を見やると、ガラス障子のゆがんだふちに、虹ができてるんや。それを時々眺めて深呼吸しては、縁側に置いたミシンを、日がな一日踏み続けて洋服の仕立て。切り詰めれば、そんな洋裁の内職でも、なんとかやっていけたわ。

こんなありさまになっても、義姉さんからは何の反応もあらへんかった。慶太さんが詐欺の被害に遭《お》うた時、助けに出てくれるんが姉弟やないんかしら。けど、他人事みたいに知らん顔して、

「あんたはしっかりしたお兄はんがついてるさかい幸せや。うちなんか、こんなできそこないの弟で苦労したわ。兵隊にも取られんと、なーんの役にもたたへんのやから」

と、まるで全部実家の兄に面倒みてもらえと言わんばかりで、なんや、言うてはる

ことが正しいんか間違ってるんか、混乱してしもた。

「もうほっとけ。そういう家から帰ってこられることだけ幸せや思え」

その後もお兄ちゃんは別れて帰ってこいと言うたけど、そんなことしたら、西陣ではきっと哄《わら》い物《もん》や。妾の子ぉが嫁に行って身上とられて出戻ってきた、って、噂好きな人らの絶好の餌食になるんが目に見える気がしたわ。

そんなことになったら、きっとお兄ちゃんにも迷惑がかかる。お兄ちゃん、あのたえ子さんもようよう気が済んだんか、宝塚を退団して、ほんの三月ほど前に所帯を持ったとこやったんやもん。たえ子さんも、ええ気はせんと思うわ。出戻りがどんだけ嵩が高いか、義姉さんの例で、身をもって知ってるうちやったしね。それでも、何回、お金を融通してもろたやろ。お兄ちゃんは何も言わんと貸してくれたし、うちも歯を食いしばって返したけど、あんまり何回もやから、情けなかったわ。

その間、慶太さんは黙って見てるだけ。お兄ちゃんが来ても、黙ってにこにこ笑うだけやし、悔しかったら、もうちょっと義姉さんに強く言ってなんとかしてほしかったけど、男が金を貸してくれと頭なんか下げられるかって、身内に対するプライドだけは妙に高いねん。そんなん、姉弟やねんからかまへんやろって思うけど、どうにも聞く耳、持ってくれへん。もとは慶太さんが受け継ぐはずの財産やったんやんか。

義姉さんのことも、こんな冷たい仕打ちされても、あれはしっかり者やからって、褒めることはしても恨みもせえへん。もう、だんだん責める気もなくしたわ。そやかて、糠に釘。もともとどんな人でも、慶太さんにかかったらええ人になってしまうねんけどな。そらもう、あほぼんもあそこまで行ったら突き抜けてるというか。

うちはとっくにあきらめがついたわ。おなかに子供がおること、洋裁教室を手放してくる時に気がついてね。人間、手放すもんがあったら、また入ってくるもんもあるんやわ。

慶太さんを、捨ててこんでよかったと思ったわ。子供には、やっぱりこの人が必要や。

毎日ガラス障子の虹を見ておなかが大きくなった子ぉやから、名前は瑠璃子。当時としてはキラキラの名前やね。

考えてみたら結婚して以来、五年もたつのに、子供のことなんか考える余裕もないほど必死な毎日やった。

けど、おかげでうちにも、慶太はんにも、生きて働いてお金を稼ぐ意味ができた。

義姉さんには何のとりえもない人みたいに言われたけど、慶太さん、子煩悩でね。

うちが縫製で働き、瑠璃子の世話はぜんぶ慶太さんまかせやったけど、しっかりした子に育ったわ。

「だってあたしがしっかりせな、お父ちゃんにまかせとったら何もうまいことといかへんねんもん」

とは、後に瑠璃子が言うた言葉やけどね。

家のこと子供のこと、ぜんぶ慶太さんにまかせて、うちが家計を背負って働けたんは、やっぱりありがたいことやった。あの人、家に暗室まで作って、お金にもならん写真にいっそうのめり込んではったけど、瑠璃子が呼べば飛んで行ってくれる位置にいてくれてたんはありがたかった。日一日と可愛く育っていく瑠璃子を、丹念に撮り続けてくれたんも、働きすぎてあんまり接触できひんかったうちには何より嬉しい記録になったし。

人は、男、女にかかわらず、その仕事に向いてる者《もん》が全力で没頭した方がぜったいうまいこといくんやねえ。

けど、やがてこんな細々とした内職だけではあかん、と思い始めてね。それは、瑠璃子のおかげや。この子が大きくなった時、お父ちゃんがうちにしてくれはったみたいな立派な嫁入りの拵えを、うちら夫婦がしてやれるんやろか。そんな不安が頭をもたげてきたんよ。

そこからや。うちが、貸衣装屋を始めようと思いついたんは。

復興が進み、朝鮮戦争が勃発すると、日本始まって以来の好景気、という意味で名付けられた神武景気が訪れた。

戦争特需で、どんなものでも作れば売れる好景気の時代だ。

四代目を引き継いだ兄の淳之介は、こうした時代の上昇気流に乗り、染めから織りへと拡大を続けていた。西陣はもともと分業制で、図案から最終工程まで十三から十四もの仕事に分かれているが、淳之介はそれらを傘下に統合して、一貫生産をやってのけたのだ。職人を増員して、日夜、機を織らせたが、それでも生産が間に合わず、嬉しい悲鳴を上げ続けた。どこの工場でも、ガチャッと機械を動かせばそのたび万札が舞い込むと言われるほどの、〝ガチャ万〟景気である。

国民の所得も上がり、もはや戦後ではない、と言われる高度経済成長の世になると、娘を持つ家では嫁にやる時の仕度に財力を注げるようにもなった。もとより嫁に持たせる衣装は娘の財産。一生困らない分を持たせるのが親の甲斐性というものだった。

しかし、花嫁となる晴れの日の婚礼衣装となるとまた別だった。

それまでは、婚礼がすんでも礼服として着られる「裾模様」が花嫁衣装の主流だったが、黒紋付では正装感はあっても華やかさに欠ける。そこで、かつて武家の女性が着用し、後には富裕な家の婚礼衣装となった「打掛」が広まっていく。もっとも、赤いちりめんに金糸銀糸、緞子に刺繍と、色打掛に贅をこらすことは簡単でも、それを結婚後の生活で着用する機会はなく、単に不経済な無用の長物となるのが事実であった。もとより、一度きりしか着ないことが名誉の花嫁衣装なのである。

華やかさと、経済性。この相反する価値のジレンマに、庶民のために一つの回答を出したのが「貸衣装」だった。

一回きりなのだから借りればいい。一人で一着を引き受けるのは高価すぎても、たとえば四人で分担すれば四分の一ですむ。五回目からは、貸衣装屋の取り分だった。

なるほど、と金額の安さにひかれながらも、当初、自分のものにならない衣装に高い代価を払うことに抵抗があった人たちだが、買い取ったところでふたたび着る機会があるわけでない花嫁衣装を保存する手間暇を考えたなら割り切れた。それより何より、豪華な衣装を安く手軽に着られるシステムは大歓迎されたのだ。

これも考えてみれば、戦時中の「贅沢は敵」という教育が浸透していた成果であろうか。まだ国民は、贅沢を尽くすことに罪悪感を拭いきれずにいた。その点、借りる、というのは大きな言い訳にもなったのだ。

安く着られるのならばめいっぱい豪華に。経済性と華やかさは、このシステムの中で膨張していく。婚礼に打掛を着るのも、お色直しの風習が庶民に浸透するのも、この時期からといえよう。

こうして、全国に、貸衣装屋という商売が広がっていった。花嫁衣装ばかりではない、親族の留め袖や晴れ着もとりそろえ、当然、花婿用の衣装も扱った店々である。

「お兄ちゃん、うちに、格安で衣装を卸してくれへんかしら」

製造元から直接に入手するのだから手間も費用も省け、貸し賃を安くできる。それに、戦争中でも立派な拵えをして嫁いできた窓子のことは、田舎だけに風評として浸透しており、〝西陣の織り元、染め元から直接仕入れの衣装〟というのは、娘を持つ親の心をくすぐった。

窓子は、見本となる打掛の入った風呂敷包みを背負って営業に出た。行く先は、姫路のすべての美容室である。

衣装の着付けから、文金高島田を結い上げた鬘《かつら》まで、婚礼の当日の仕度全般を仕切るのが美容室だったから、ここで窓子が手がける衣装の斡旋もしてもらえれば、何割かの手間賃を渡す。率は高めに設定したから、数をまとめれば美容室にも大きな取り分になった。

このシステムを、窓子は自分の足で説いて回った。

はんなりとした京言葉とものごしは、女の世界である美容室では好意的に受け入れられ、また、義姉に乗っ取られたとはいえ田代綿業という地場産業の経営者一族であるという背景も大きな信用となった。こうして窓子はたちまちにして大きな販路を開拓した。

貸衣装屋と美容室、両者が組んで、婚礼という一大イベントをビジネスとして形成し婚礼業界を飛躍的に発展させていく。そこには、政府の打ち出す所得倍増政策から、日本列島改造へといった、目を見張るばかりの経済発展が裏打ちされていた。言い換えるなら、豊かになった国民は、まるでその経済状態の証であるかのように、結婚式にお金をかけるようになっていったのだ。

昔は個人の家で行われていた婚礼が、神社の会館へと場を移すのも時代の流れだった。大勢の客を招くには個人の家では狭すぎたし、もてなしの料理もさらに豪華さが求められていったからだ。

まさに窓子は、こんな時代の流れを借りて、自分でも予想もしなかったビジネスの表舞台に飛び出していくのである。

ほんま、うちがあんな大きな商売をやるようになるなんて、誰が想像したやろ。

必要は創造の母とか言うけど、ほんまそのとおりや。うちは単に、仕事のでけへん夫と乳飲み子の瑠璃子を、養っていかなあかんというだけやったんやもの。

西陣のお兄ちゃんの家では、染め上げた端から問屋が品物を買い集めに来て、右から左。問屋は、全国から買いに来る呉服屋を相手に大展示会や。うちはこれを、貸衣装屋だけでやったらどないやろと思いついたん。

打掛は、花嫁さんしか着ぃひんから数が少なく、値段が高くなってしまう。需要と供給のバランスやな。けど、全国数千店の貸衣装屋を相手に商売するなら数も集まる。一点ずつ展示しといて注文とって、織り屋はあちこち分担させて作らせるんや。

それで、最初は慶太さんに打掛の柄を写真に撮らせて、それをカタログ代わりにして持ち歩いてね。初めて展示会を開いたんは三年目やった。場所は、申し訳ないけどお兄ちゃんとたえ子さんの新居を借りて。

東山のその家は、もとは叔母が疎開してきて住んでた家で、空襲で焼けたんを、戦後新しく建て直してたんや。さすがにたえ子さんのセンスが活きてて、和洋折衷やけどなかなかしゃれた造りの屋敷でね。お客さんらも、元タカラジェンヌの奥さんが応対してくれる、ゆうんで、それも人気になってたわ。

同じ義理の仲でも、姫路の義姉とはうまいことといかへんかったけど、こっちの義姉とはおかげさんで一緒に商売を手伝《てつど》うてもろて、よう助かったんよ。

あの家の娘は姫路のご大家の綿業工場に嫁いだはったんちゃうんかいな、と首をかしげる人もおったけど、なんせ戦争で何もかもが変わってたんや。恥も何もなかったわ。

ほんま、お兄ちゃんという製造元があったからこそできた商売やった。何の関わりもない者が参入しても、一見《いちげん》さんを嫌う京都では、うまいこといかんかったやろと思うもん。

だんだんと、関西一円、営業に回って実際に聞いた美容室やお客さんの声を活かして、制作の現場にも意見を言うようになっていってね。もっと裾のフキに綿を入れてどっしりふくらましてほしいとか、角隠しの白生地も、白一辺倒やなく地模様を織り出してほしいとか。

戦後の住宅事情が一段落、狭い自宅でやる結婚式とは違《ちご》て、外へ出るとなると、花嫁さんの立ち姿、歩き姿が目に入るようになって、全体のバランスが大事になっていくわけや。

柄や模様には、代々積み重ねられてきた見本帳があったから、そない苦労はせえへんかった。鴛鴦《おしどり》や鶴亀、瑞雲《ずいうん》や松竹梅は、すっかり定番。朱雀《すざく》や鳳凰《ほうおう》も人気やった。

一着の打掛にストーリー性を取り入れたんはうちの工夫で、四季の彩りに満ちた源氏絵巻や、名刹の障壁画、天井図からの翻案もあったよ。富士の白雪、桜吹雪。重たいまでの藤の房や、水辺の菖蒲、流水にもみじ。描けば描くほど、うちらの祖国は、ゆたかな自然にあふれた、神います地なんやと誇らしさが湧きあがってきたわ。そしてこの美しい花嫁衣装こそが、神々を喜ばすことのできる、地上の人の幸せの証なんやと胸を張れたもんや。

図柄はそないして、めでたいものが定まっていて、お客さんもそれを好むから、冒険はできんし限界はあるけど、お兄ちゃんが、かねて勉強会で研究してた糸や技法に凝りに凝ってね。金糸銀糸を織り込むのはもちろん、後にはプラチナ箔も取り入れるようになって、それはもう、正真正銘、きらきらのクリスタランや。真珠を縫い込んだものは一番人気やったけど、あれは値段も高かったなあ。

刺繡も、お客さん方の求めに応じて、これでもかこれでもかと豪華になっていったわ。民芸では、刺繡は、布を強く丈夫にするための補強手段やねんけど、工芸では、そらもう、晴れの装いの格を上げる最高技術やからね。完成まで時間もかかるし、腕のいい職人の手になれば値段も跳ね上がる。けど、そのうちミシンで刺繡ができるようになったんは救いやった。並べて比べたら、そら、手刺しと機械刺しでは圧倒的な差があるけど、高度な技術の職人は少なくなる一方。それに、どんだけ豪華な打掛も、結婚式で一日こっきり豪奢を競うもんやから、ミシン刺繡でじゅうぶん映えた。おかげでどんどん量産もできたし、新柄を次々と作れて、うちも商売大繁盛やった。

そんな頃やね、皇太子殿下のご成婚。今の天皇、皇后陛下の結婚で、ミッチーブームに世間が沸き立ったんは。

庶民の娘の嫁入り仕度も、振り袖に留め袖、花嫁衣装と、どんどんグレードアップしていった頃と重なるわ。あの頃がお兄ちゃんの工場の全盛期への踏み台やったかしらん。

やがて東京オリンピック。あのみじめな敗戦国が、ここまで復興をとげましたって、世界を驚かすことになる、奇跡の大イベントや。外国から来る客を泊めるために、ホテルオークラやらホテルニューオータニやら、ホテルの建設ラッシュが始まると、関西でも、それに準じて大阪や京都にホテルができ始めた。その後、世の中がさらに豊かになって、庶民でもホテルを披露宴の場に使えるようになると、お色直しというもんをするようになっていくんやね。もちろんうちも、花嫁さん用の振り袖の図柄には全面的に乗り出したよ。

あれは楽しかったなあ。花嫁衣装の打掛では紅白に金銀が基本の色やけど、お色直しとなれば、絵の具箱からどんな色でも引き出せる。ピンクを好む人がいるかと思えば渋い紫を選ぶ人もいるし、ここに描く模様も、おめでたい柄にこだわらんでも自由自在や。

ひまわりの柄、牡丹《ぼたん》の柄、虹の柄や、銀河の柄。うちの描いた図柄を、先取りで買いに来てくれる染め元はんも少なくなかったんよ。〝マドコ好み〟、ゆうて、うちの落《らっ》款《かん》を押した品は、この世界ではちょっと知られとったんやわ。

それはね。昔、玖美ちゃんと一緒に、夢を見ながら描いた絵の世界そのままやった。ムッシュ河原崎がしまっとけと言って返してくれた絵、頭の中でちゃあんと彩色されて、しまってあった。鶴亀、鳳凰、松竹梅に御所車。牡丹に百合に月下美人、大輪の菊。ありとあらゆる吉祥柄の図柄を描いたよ。そらもう、豪華絢爛、あれこそ羽衣の無尽蔵やな。おまけに、着物と帯との、カラーコーディネートの楽しいこと。

ほんま、こんな時代が来るやなんて、戦争の頃は想像すらもできひんかったね。

戦時中って、まったく無彩色やったもん。空襲の標的にならんようにと、白鷺城が黒く網をかけられたみたいに。

ああこんないっぱい、色が使える、こんなきれいな色があふれてる、そう思ったら、またあの『アッツ島玉砕』が思い出されてね。くすんだカーキ色しか使えなかったあの大画家の無念さ、それを思ったら、思いきり、反動みたいに派手に色を使ったわ。

　メーカー名を「マドコ・しらさぎ花嫁庵」としたんは、やっぱり、姫路でみじめな思いをしたことを忘れへんためや。姫路では何もええことなかったけど、お城だけは、白鷺城だけは、うちを腐らせることなく、輝くものを忘れんようにさせてくれたから。

　教室を手放した時、まるでつかんだはずの虹が消えてしもたようなむなしさがあったけど、虹は光のあるところにまた現れる。光は、人間の活力と意志や。打たれて傷ついて泣いたからこそ、涙を反射させて、虹は光るんや。

　もちろん最初から全国を相手に商売しようなんて無謀な話やったわ。当面は、姫路から大阪に絞って営業をかけて、ともかく「しらさぎ」「しらさぎ」「マドコ」「マドコ」と、どんどん存在感を打ち出していったんよ。

　大阪に初めてできたホテルで、大展示会「寿・結婚博」を開いたんは、大きな節目やったね。美容室、貸衣装屋、結納屋、簞笥屋に引き出物を扱う砂糖屋、菓子屋。業界の商売屋だけでなく、あの当時はいたるところにいた世話焼きな仲人さんらまで呼んで、お互い、紹介し合えばそれなりに見返りがもらえる同業者のシステム作りもしていったんや。

　大阪はもともと糸へんの産業で近代化を実現してきた町やから、衣料を扱う問屋がひしめいてて、それを買いに全国から小売り商が集まってきてた。ひとたび衝撃的に「マドコ・しらさぎ花嫁庵」が目にふれたら、きっと地元でも広まっていく。そう考えたんが大当たり。問い合わせのあった地方の業者には、ちゃんと営業に飛んでいってね。忙しかったわ。何日も家には帰れん日が続いたり。

当時の大阪の活気というたらすごかった。人口も増え、中流層が増えて、婚礼市場はますます盛ん。そやのに〝しまつな〟と言われる節約の概念が浸透してたから、貸衣装のコンセプトはぴったりやった。それに大阪の人は京都と違《ちご》てあけすけでわかりやすい。こんなんほしいわ、という意見もたっぷり聞かせてもらえたし。

展示会では、うちは惜しまず豪華景品をおみやげにつけたんよ。テレビやら洗濯機。あの頃は三種の神器とか言うて、文明生活に欠かせへん家電製品を誰もがほしがった時代や。何点以上ご契約でこの品、というふうに設定したから、景品目当てに購入点数を増やす店もあったほど。

ありがたいことに、死んだお姑はんが東大阪にある電機工場の株を持ってはったことがわかってね。遠縁になるらしいんやけど、経営難に陥った時にお金を貸してくれと言うてきはったんを、なんぼか工面してあげたそうなんや。株券はそのカタにもろうたもんらしい。ところが朝鮮戦争の時の好景気で、その工場が急成長。今では門真《かどま》にある大企業の下請けを一手に引き受け、押しも押されもせえへん優良企業なんやて。昔の縁で、型落ちの電化製品をほとんどタダ同然で回してくれはったんを、そのまま景品にすることができたんや。

ほんま、ありがたかったよ。捨てる神あれば拾う神あり。世の中って、回ってこそ、うまくいくもんなんやね。

こんなん言うたらあかんのやけど、慶太さんから奪うようにして田代綿業を持っていった義姉さんは、あの後、経営がうまくいかんようになったみたいでね。そらそうや、驚くほど質がよくて機能性の高い化学繊維が開発されて、昔ほど木綿地が重用されんようになってきたからや。それも時代の流れやね。そやのに何らよう手を打たはらへんかったんやもん、しかたないわ。

成功し安定していた産業が、いつまでも永遠に続くとは限らへん。時代の流れを上手に読み取り、その潮流に乗る努力をした者だけが生き続けられる。そんな商売の鉄則を、ただ自分の欲だけで横取りしていかはった者《もん》には、学ぶ機会もなかったんかもしれへん。

けどねえ。――うちが始めた「マドコ・しらさぎ花嫁庵」は、一人勝ちではあったけど、今思うとやっぱり、あれはいかんかったわ。

なんとゆうても、うちら売り手が一方的に押しつける商売やったもん。あんまりお客さん本人のこと、考えてなかったね。

そやかて作れば売れたんやもん、着る人のことなんか考える必要なかった。こんな柄、こんな色、こんな値段。考えなあかんことゆうたら、それでおしまい。

美容室やったって同じこと。先に鬘《かつら》があって、お客さんが自分の頭に合うものを選びに来る。ちょっと痛い、と思っても、まあそんなもんです、って、微調整する程度。打掛も鬘も、モノが先にありきで、人間がモノに合わせなあかんやなんて、やっぱりおかしかった。

そのこと、後になって、娘の瑠璃子が結婚する時になって気づくんやけど、遅すぎたわ。うまくいきすぎた商売に夢中やったうちは、そんなこと、気もつかへんかった。

そこが、玖美ちゃんとの違いやったんやねえ。

第七章　Arc-en-ciel《アルカンシエル》　地上の虹

「お飲み物のおかわりはいかがでしょうか」

黒服のスタッフが、白いポットを持って、話し込む二人のテーブルに回って来た。

あいかわらず静かな周囲。衝立の向こうの隣の客も、同じことを聞かれたはずなのに、その返事のほども聞こえなかった。依然、向かい合ったままでいるのだろうか。

「じゃあ少しいただこうかしら」

玖美が言い、

「それじゃあうちも」

と、窓子もカップを差し出した。

「あ、そやそや。うち、薬、飲まなあかんのやった」

日々すべきことに気づいて、窓子は慌ててバッグをまさぐる。そして、小さなビニール袋に小分けした何種類かの錠剤を取り出す。

「こんなん飲んでも気ぃの問題や思うねんけどね。こないだから骨の薬、飲まされてるんよ。なんぼ病気知らずの丈夫さでも、骨は古びてくるんやて」

さっきは目のいいことを自慢げに強調したせいか、今は少々、声が小さくなっている。

「無理もないわ、マーちゃん。あたしたち、アンティークなんだもの。あちこち古びてきたってしかたないわ」

かばってくれる玖美の言葉に、窓子は訊いた。

「玖美ちゃんは今、どこも悪くないの？」

「まあ、今はね」

玖美はそこで黙る。同じように黙りながら、やがて窓子は苦笑した。わずかな衰えの後先を競うなんて、愚かの極みだ。どうせ同い年なのに。

容れ物にすぎない体はいずれ壊れて故障もするだろう。しかしその精神が、特別にすぐれ時代に必要とされるならば、時間の風化を受けることなく、錆びず壊れず現役で意味をなす。そして新しいものが逆立ちしたって醸し出せない風格を増していくのだ。

窓子はもう一度コップを取って、今度は水を飲み干した。

「マーちゃんの戦後に比べたら、あたしはたしかにお気楽な日々だったかもしれないけど」

話を止めるつもりは二人にはない。スタッフは黙礼すると、邪魔しないよう、黙って下がっていく。カップに注がれた温かな紅茶を、玖美はそっと口に運ぶ。

＊

比べることなんかできないけど、聞けば聞くほど、あたしとマーちゃん、まったく違う道を進んだのねえ。

終戦後はみんな生きていくのが苦しくて、それでもがんばれば何かが咲いて、それでまた立ち向かっていけて。努力する者が必ず報われる世の中だった、そんな気がしない？

そんな庶民の思いをまとめて、世は右肩上がり。オリンピックがあって、高度経済成長に拍車がかかって、働けば夢が手に入れられるよき時代だったわね。

同じ頃、学校法人にしたばかりの洋裁学校もうまくいってきたから、あたしもマーちゃんと同じ、次のステージへ飛ぶ時期を迎えてたわ。

フランスのクリスチャン・ディオールのコレクションが日本にやってきたのはその頃だった。東京だけじゃなく名古屋や京都、大阪でファッションショーが開催されたのは覚えている？　驚きと羨望をもって観た『パリの恋人』が映画から飛び出して、実際に日本にやってきた、っていう印象だったよね。

それからピエール・カルダン。彼の来日も日本じゅうが沸いたじゃない。世界的に評価されたバブルドレスや、宇宙のイメージ漂うあの独特のデザインにはぶっとんだわね。

立体裁断って何？　クチュールって何？　誰も教えられる人は周りにはいなかった。だからあたし、もうじっとしていられなくなったのよ。

三十代は、働き盛り、知恵盛り。一つのことに成功していても、また新しいことに挑戦するだけの時間的余裕があるもの。ダメなら引き返すゆとりもあるしね。

ということで、あたしは生まれて初めて家を出たの。家付き、親付き、学校付きの娘が飛び出した先はどこだと思う？――そう、パリよ。

今でこそ簡単に行けるけど、当時は洋行とか渡欧といって、普通の人にはなかなか叶わない特別なことだった。南回りの船で一ヶ月かかったかしら。お金も、為替が一ドル三百六十円の固定相場の時代。今みたいにクレジットカードだのトラベラーズチェックだのって便利なものがないから、一年分の生活費を現金で用意してね。母から当時のお金で二百万円の現金をもらったのを、ガードルの脇にしっかり挟み込んで渡航したのよ。もちろん、一円だって無駄にはすまい、って覚悟でね。

　向こうではまずアリアンス・フランセーズの語学学校の異邦人《エトランゼ》組に入って、二時間、授業を受けて寄宿舎に帰る、そんな生活。だってフランス語は、マーちゃんと言い合ってた桜蘭高女時代からちっとも進んでなかったから。

　でも、言葉の上達を待ってたら、本当に学びたい服飾の勉強なんかずっと先のことになってしまう。あたしは別に語学研修に来たわけじゃないんだもの。だから、見切り発車で入学しちゃったわよ、パリ・クチュール組合の学校へ。

　フランスって偉いわね。後継者を育てるのに、国でもなく行政でもなく、組合がそうやって職人養成のための学校を作ってるの。だから技術は滅びることなく受け継がれるのよ。いえ、それどころか、ますます洗練されて発展もするのね。

　何人か日本人もいたのよ。あたしと同じ、モードに焦がれて学びに来た人ばかり。あたしの前には、日本に初めて立体裁断を持ち帰るという画期的な実りをもたらした小池千枝さんがいたし、後には後に世界的デザイナーになったKENZOさんもいたわ。ファッションの都パリへ飢えるような瞳で学びに来た者たちがその後の日本のファッションを変えたことは、間違いないわね。

　あたしはフランス語をちゃんと喋れないままだった。語学って道具だから、使わないと全然上達しないのね。それに、下手くそな発音じゃ喋るほどに馬鹿にされるから、よけい臆病になるの。でもね、服飾用語って、ダーツとかプリーツとかタックとかって、だいたいわかるじゃない。だから授業はそれほど苦じゃなかった。

キツいのは遅刻した時よ。定刻で正門が閉まっちゃうから、遅れた時は事務棟の教務課に回って遅刻の理由を言って、通用門から入れてもらわないといけない。これが面倒この上なくて。いちいち、水道が凍ったので寄宿舎のおばさんの朝食の仕度が遅くて、とか、途中の道で植木が倒れてきて迂回してたとか、フランス語で説明なんかできないわけよ。必死で説明したところで、アジア人が何をぐだぐだ下手くそなフランス語を喋ってるって、守衛のおじさんだって、笑ったり横柄な態度で見下すんだから。

だからここでも桜蘭高女時代と同じく無遅刻無欠席を通すしかなかった。パリは緯度が高いから、冬なんか朝の八時でも真っ暗でね。寒いし、眠いし、ほんと、我ながらよくがんばったわよ。

授業では課題が山のようにたくさん出るの。あれがいちばんきつかったなあ。

横着は許されないのよ。パターンメイキングでデザイン確認するのに、先にトワルを作るじゃない。布の上にペンシルで書き込んだら楽だけど、それではだめで、いちいちシーチングの糸を一本抜いてセンターを決め、脇や前中心は赤糸で縫って印つけをしないといけないの。こんな手間暇をかけるからこそ布目にゆがみのない、美しいシルエットが出せるのね。だから土日もずっと部屋に籠もって制作よ。

日本にいた頃は、そういう面倒なことは母に押しつけてたから、全部自分でやらなくちゃいけないなんて、まいったわね。でも、クチュールはすべての工程で手縫いが原則。全体を知る意味では、とてもいい勉強になったといえるでしょうね。

言葉のいらない制作は、そうやってなんとか乗りきったけど、服飾史の授業はまた試練。なにせ、先生が何を言ってるかわかんないんだもの。

だから時間ができるとシャンゼリゼ大通りの喧騒を横切って、ガリエラ宮パリ市立モード美術館に行くの。Palais Galliera, Musée de la mode de la Ville de Paris《パレ・ガリエラ・ミュゼ・ド・ラ・モード・ド・ラ・ヴィル・ド・パリ》、……あらら、まだうまく発音できないわね。イタリア・ルネッサンス様式の建物が美術館になってて、十八世紀ルイ王朝時代から現在のオートクチュールまで、モードの歴史や服飾専門の展示がぎっしり。まさに、お洋服が好きな者にとっては夢の殿堂よ。一日中だってそこにいたかったわ。何回も何回も通ったものよ。

そしたら、そこで、なんと、あのムッシュ河原崎にばったり会ったの。世界は広いというのに、いったいどういう巡り合わせ？

でも理由は簡単。ファッションを学ぶ者にとっては、その美術館は聖地だからね。ムッシュも、何かあるとそこへ来て過ごすんですって。それに、その時は奥様連れだった。青い目のパリジェンヌ。アンヌっていう、中等学校《リセ》の先生だった。お化粧もおしゃれもしない、素のままなのに、圧倒されるほどの美人でね。見つめられると緊張で固まっちゃったのは、日本人のいけないコンプレックスだわね。お二人にはパロマっていう、おしゃまな娘さんもいて、ムッシュはめろめろだったわ。

　戦争中は敵味方に分かれて引き裂かれて、日本とフランス、海を越えて遠く離れて暮らしておられたのは噂のとおりよ。そういえばあたしたち生徒には、噂以外、先生の私生活って伝わってなかったものね。スパイ扱いされて、相当つらい目にも遭われたみたい。だからこそ、あたしたち〝夢子に夢代〟に寛大でいてくださったのかもしれない。あの情けない国民服姿も、貴様は日本人か、それともフランスの味方か、なんて愚問を突きつけられたら、当然選ばざるをえないものよね。やっと納得がいったわ。

　戦後、絵描きになることを目指して渡欧しても、最初はまったくぱっとしなかったそうよ。

　パリではまだ黄色人種への差別が露骨でね。ホテルのドアマンや、レストランの給仕でさえ、日本人《ジャップ》、と見下して、横柄だったり不親切だったり。入れてくれない店だってあったんだから。モンマルトルへ、学校で使う布や糸を買いに行っても、ちゃんと順番を守って並んでいるのに、平気でフランス人に割り込まれたりね。会計係だって、あたしなんか目に入らないかのように、頭越しに喋り合うのよ。抗議したら、早口のフランス語で猛然とまくしたてられて、何を言っているのかわからないまま、また後ろへと押し返されて。何度も、涙が出そうな目に遭ったわ。

日々の暮らしの、些細な場面で、そんな理不尽なことだらけ。なんだか心が折られるのよ。自分はこんなところで何をしているんだろう、ってね。

それは、日本での評価が高いほど、そして志が高い者ほど、大きな挫折となって跳ね返るの。だってパリの街では、自分が道ばたの石ころか、吹きとばされる落ち葉のような存在でしかないんだもの。居たたまれない、消えちゃいたい。

あたしがさんざんそんな待遇を受けてたことも、ムッシュはお見通し。だからなのか、桜蘭高女時代からは信じられない優しさで、おうちに招待してくださった。

あのご夫婦は、やっぱり奥さんのアンヌが偉かったと思う。人種に対する偏見もなく、人そのものの本質を見てくれるというか。世の中を革新し作り変えていくのは、いつの時代も、賢い女なんだわ。でなきゃムッシュの才能を信じ続けはしなかったでしょうし、パロマも生まれていなかったはずだもの。

ムッシュのおうちはエッフェル塔が見えるすてきなアパルトマンで、時々その後も食事に呼んでいただいたの。パリで唯一の知り合い。心を開いて、自分の言葉で自分を語れる無二の人々でもあったわ。ありがたいことよね。

おうちには二人の記念写真が、一つ一つ凝った写真立てに入れられて、いっぱい飾ってあってね。そんな中でいちばん好きだったのは、お二人の結婚式の写真よ。ノートルダム大聖堂の荘厳な屋根を背景に、石畳に立つムッシュとアンヌ。雑誌の中のモデルそのものだった。

「どうだ、おまえもこっちでいいヤツ見つけて結婚するか」

ムッシュお得意のからかいが出たけど、あたしはひたすら写真の中のアンヌに見とれていた。石畳に長くベールの裾を引いて、シンプルだけど純白のドレスは、夢のようにけがれがなく、ただただ美しかったわ。

クロゼットを開けるとね、まだその時のドレスが吊ってあって、まるでそれ自体がお部屋のオーナメントの一つみたいなの。教会では、病める時も富める時も、と永遠の愛を誓うけど、アンヌいわく、このドレスが黄ばむ時まで、って言うのだそうよ。

それを、おしゃまなパロマが、アンヌの見てない時にこっそり体に当てて、鏡の前でうっとりしてるの。あたしもこれを着て結婚するの、パパみたいな男性と、なーんて、まるで絵に描いたような幸せな一コマを演じながらね。結婚って、それぞれの国で、まったく違う文化なのねえ。そして、フランスの女の子って、たっぷり〝夢子に夢代〟でいさせてもらえる期間があるから、あんなにおしゃれに育つのかもね。

この時、ムッシュが、パリに住み続けるならクチュールで働けるよう紹介しようかって言ってくださったんだけど、……ありがたいことなのに、あたしは黙りこんでしまったの。違うのね。あたしがほんとに見たい夢とは違う。パリは永遠のブリヨン、あこがれの町だけど、あたしの根っこは日本。花は、日本で咲かなきゃ意味がない。そう、あたしがなりたいのは、世界のパリのお針子じゃなく、東の果ての日出づる国日本のアーティスト。初めて夢が焦点を結んだような気がした。

日本に帰らなくちゃ。帰って、あたしが受け止めたすべてのブリヨンを、あたしがこの手で還元しなきゃ。それだけは迷いがなかったの。

そうして過ぎた一年。

その時、母からもらったお金はまだたくさん残っててね。ガードルから取り出して数えてみて驚いたくらいよ。だってあたし、ほとんど遊ばなかったし買い物だってしなかったから。そして、最後はお金を思いきり散財することにしたの。

この際だからヨーロッパじゅうを回り、そして、民族衣装を集めてこよう、ってね。民族がひしめき合うヨーロッパでは、各国、いえ、地方地方で、実にさまざまな伝統衣装があるのは知ってたけど、装うことにかけては、国や文化は違っても、女の願いって変わらないのね。少しでもあざやかに、少しでも美しく、少しでも個性的に。そう願いながら、長い夜を手仕事に費やして、刺繡や編み物やパッチワークで飾り上げた衣装のすばらしさ。

中でも花嫁衣装は格別だった。クリスチャンが多いヨーロッパでは、純潔を表す白いベールにウエディングドレスが人生最上の日の装い。でもデザインも素材も実に多種多様で、そこにも一針一針、幸せになれますようにって祈りをこめながら手をかけ心を尽くした仕事の跡があるのよ。興味が尽きず、夢中で買い集めたわ。今もクミ・サクラのドレスがフランス製のレースを使うのは、あの時、それが最高級と見極めたからよ。日本のレースも決して悪くないんだけど、消費量が違うからね。需要が多いと技術も育つ。そして歴史が長いだけ品質も安定する。着物と同じね。

この時もう無意識に、ウエディングドレスがあたしの心をつかんでいたのだと思う。だって、すべての洋服の中で、もっとも美しく、もっとも崇高なもの、それがウエディングドレスだと知ったんだから。

そういえばあの映画、『パリの恋人』だってそうじゃない？　ラストシーンはウエディングドレス姿のヘプバーン。ファッションも人生も、クライマックスは純白のドレスで決まりなのよ。

ちょうどローマオリンピックが開催されてて、ヨーロッパじゅうがお祭り騒ぎ。さまざまな国旗がひるがえる下で、あたしはせっせと民族衣装のウエディングドレスだけを見て回ってた。

一人で巡る旅なんて寂しいですね、なんて言われるけど、あたしはいつも一人旅が基本。一人が寂しかったら、前人未踏のことなんて一つもなしとげられないわよ。

帰国した玖美を、母の浪子は首を長くして待っていた。

「どう？　もう満足したかしら？　そろそろ、なすべきことをなしてもらおうかしら」

喜び半分、愚痴半分。このジャジャ馬娘の思うままにさせていたら、いつまでたっても孫の顔を見ることはできないとの思いは沸点に達していた。そのため、浴びせるように縁談を用意してきては玖美を追い立てる。その激励ぶりは、留学前よりひどくなっていた。

だが玖美はそれどころではない。パリ留学、そしてヨーロッパ周遊で得たイメージを、なんらかの形で具現化しようと、生みの苦しみともいえる試行錯誤のさなかにいた。

あえてファッション後進国の日本に戻り、アーティストたろうという志だけは高くとも、まだ見えてこない自分の道。あんなに遠くまで出かけ、あんなに多くの時間を費やしたというのに、まだ具体的に絞り込めない自分の世界。それはまるで暖かい室内からガラス越しに見る風景のようで、思い詰めるがゆえに湿度を帯びて結露し、正体を明らかにはしてくれない。

帰国後の玖美は、毎日、学校におもむき、授業もした。しかしそれだけでは留学前と何も変わらない。そのことにいらだつ日もあった。

そんな玖美を揺さぶるように、母の浪子はこんな相談を洩らした。

「あなた、どう思う？　生徒たちはみんな、本科を卒業してもまだ学びたいっていうの。だから専科を作ったんだけれど、卒業制作には何を作らせればいいかしらねえ」

本科で一通りスーツからコートまで仕立てられるように組まれたカリキュラムだ。さらにその上の専科で紳士服まで学んだ生徒に、どんな課題を与えればいいだろう。教育者としての、母の真剣な相談だった。もうそれ以上、作らせるべき洋服がない――。

その時、玖美の中で、曇ったガラスの風景から一しずく、結露が落ちた気がした。

それは一筋の尾を引きながら流れるようにゆっくり降下していき、その軌跡は、ガラスの向こうの景色を確実にクリアにしていった。

「お母さん、……いえ、校長！　ウエディングドレスを作ったらどうかしら？」

しずくとなった答えを、はっきり、玖美はその胸に受け止めた。

「そうよ、ウエディングドレスを制作させましょう、喜びの日に自分が着るための」

ヨーロッパで買い集めたドレスは、そのためのよきサンプルとなるだろう。喜々としてそれらを見せた時、開いた口のふさがらなかった浪子だったが、これで少しは言い訳がたつというものだ。なにしろ浪子は、異国でお金に不自由しないように一般的な渡航費用の倍額ほども玖美には持たせた。当然、使いきれずに持ち帰るものと思っていたのに、あっさり、全額使い果たして帰ってきた玖美なのだ。

浪子の目が光る。うーん、そうねえ。玖美の散財を苦々しく思い出しながらも即座に否定しないのは彼女にも検討する余地があるということだ。

むろん、抵抗はあった。なにしろまだウエディングドレスなど着る人もなかった時代だ。婚礼衣装といえば、豪華な打掛に文金高島田、白い角隠しが定番で、高額な費用をかけて装うことが、イコール〝幸せな結婚〟とみなされていた。

もっとも、若い二人にそのような高額が出せるはずもなく、ほとんどが親の資金にたよるわけで、つまり、親に認められ親に祝福された結婚が〝幸せな結婚〟ということになる。結婚が〝両家〟の祝い事とされたのもそのせいだ。

逆に言えば、費用の面でも安価なウエディングドレスは、親の援助を俟《ま》たなくても、また、親の承諾を得ない当人同士であっても、結婚の正装として着ることができた。そこから、駆け落ち者の衣装、と陰口をたたかれていたほどだったのだ。

「それに、ウエディングドレスっていったって、生地もないし、玖美先生が言うような、手袋や、コサージュだって、どこで売ってるんですか」

確かにそうだ。当の生徒たちから質問されて、当初はぐうの音も出ずにいたが、逆にそれが玖美を奮いたたせることになった。

「売ってないから作るのよ、それが洋裁じゃない。文句は作ってから言って」

人の師として上に立つなら、生徒と対等でなどいられない。有無を言わせず先に立ち、不安を抱かせることなく、道を示し、そして迷うことなく導いていくのが仕事である。生徒の甘えや怯懦《きょうだ》を許すのは、決して優しさではないし、まして教育ではないのだ。ここから先の道は、誰も歩いた者はない。それでも、誰かが行かねば、いつまでたっても、どこにもたどりつけはしない。

みずから体当たりするかのような玖美の試行錯誤の熱は確実に生徒たちに伝わり、どの生徒もひきずられるように真剣になり、それぞれの作品に取り組んだ。おかげで卒業制作の発表の場であるファッションショーは大成功。自分の作品を着てランウェイに上がるのは恥ずかしがるかと案じたが、意外にも大人気で、これまた新聞の記事になって話題を呼んだ。その達成感、満足感。玖美は生徒たちに抱きつかれながら喜びを分かち合った。まだ道は始まったばかりだが、間違いないと示されたわけだ。

そんな時、雑誌社から玖美に新しい仕事の依頼があった。パリ留学の実績を買われ、有名ファッション誌『彩星』の誌上で、月々グラビアに掲載するニューモードのデザインを出してほしいという内容だった。季節ごとに素材やデザインに趣向を凝らして発表するもので、巻末にはその型紙や作り方も載せる。連載なので大変ではあったが、デザイナーとしての道が、これで着実に開かれたことになる。

四季の変化に富んだ日本だからこそ、季節感を採り入れた素材で作る快適な洋服を。夏はコットンのワンピース、梅雨時には雨ふりを楽しんでしまうカラフルなレインコート、秋にはシックなテーラードスーツ。ロマンチックな玖美の作品は人気を博した。全国の読者が、玖美のデザインで洋服を作り、センスのいい洋服を作るために『彩星』を買って玖美のデザインを選んだ。佐倉玖美の名は、少しずつ定着し始めていた。

さらに、女性週刊誌からも大きな仕事が舞い込んだ。ヨーロッパに特派員として渡航し、世界的な女優やセレブのファッションの今を取材してくるというものだ。

パリを基点にいろんなセレブにインタビュー。狙いは、グレース王妃や、オードリー・ヘプバーン、ブリジット・バルドー。ヨーロッパじゅうの、最上級に輝ける人たち、クリスタランの名前が挙がるのを聞いて、玖美の目は輝いた。

「そんな人たちに、会えるの？　私が？」

「仕事ですから」

相手が女性なら聞き手も女性。それも専門性の高い人がいい。時代が、玖美を求めていた。とはいえ、今と違って飛行機の便も少なく接続もよくない時代のこと、ひとたび取材に出れば最低でも一週間は不在になる。旅程の段取りも、交通手段の手配も取材相手とのアポイントも、すべて玖美が自分でやらねばならなかったから、ほかのことはほとんどできなくなる。

それでもめったに巡りこない機会だった。ともかく彼女たちの輝きを、この身で浴びたい、感じたい。そして戦争に負けてまだまだ貧しい日本に、一部なりとも伝えたい。玖美は必死で動き、写真を撮って、記事を送った。

『おしゃれ泥棒』公開の最終日にオードリー・ヘプバーンをインタビューできたことは玖美本人の記念碑といえよう。グレース・ケリーと対談させてもらえたことも生涯の宝になった。彼女たちの、圧倒されるばかりの輝きはどれほど玖美に力をみなぎらせただろう。またそれを伝えた記事は多くの日本の読者をきらきらさせてやまなかった。ジョン・ウェインに会った時は、「理想の女性ってどんな人ですか？」「日本の女性をどう思いますか？」など、指示どおり、お決まりの質問を浴びせて彼をうんざりさせてしまったが、話が弾まなかったことで肩を落として帰る姿をかわいそうに思ったのか、ホテルに帰ったら大きな花束が届いていて、挟んであったカードに彼のサインがあるのを見つけた時には舞い上がりそうになった。さすがに世界の大物は違う。同じクリスタランでも、爆発的な輝きで人を活き返らせてしまうのだから。

どれも、玖美にとっては夢の世界を浮遊するような体験であり、うまくやりおおせたことがかけがえもなく大きな自信になった。ここでも、パリ帰りの若い女性デザイナーという玖美はおおいに商品価値を発揮したことになる。

このままファッション・ジャーナリストとして、日本とヨーロッパを飛び回るのも一つの生き方かと思ったこともあった。若さは疲れを知らなかったし、同世代の女たちの羨む声は、玖美を有頂天にさせてもいた。

ほかの誰にこんな仕事ができる？　自分で自分を誇り、成功は、また一つ、玖美の中の〝夢見る夢子〟をふくらませていくばかりだった。

かちゃり、とカップをソーサーに置く。玖美の顔から笑顔が消えていた。

「その頃だったね、十数年、無沙汰をしていたマーちゃんが電話をくれて。あたしを叱ってくれたよね」

触れられたくないものにでも触れられたように、窓子はうろたえ、

「ごめん、あの時、うちは、……」

言い訳しようとするが続かない。そんな窓子にかまわず、玖美はぴしゃりと言う。

「マーちゃんはこう言ったよね。何やってんの、あなたの使命はそんなこと？　って」

ごめん、もう一度そう言いたいのに声にならない。それは二人の苦い思い出。ただ一度の争いの後味だった。玖美は笑いのない目で窓子を見つめ返すと、こう言った。

＊

「あれは効いたわ」

そう言ったきり、ただカップの耳をもてあそぶ。

怒りは今も続いているのか。それとも、歳月が何かに形を変容させたのか。黙って、続きを待つ窓子の、心拍が速まっているのを自覚する。

「今思えば、若気の至りね」

ひどく穏やかな声だった。

視界の向こうを、また船がゆっくり、横切っていくのを目で追った。

桜蘭の同窓会名簿から玖美の番号を見つけて、かけるべきかかけずにいるべきか、まるで抱え込んだ鉛の玉を飲み込むのか吐き出すのか迷うように、ずっと考え込んでいた自分を、窓子は昨日のように思い出す。

「あの時の、うちの気持ちを説明しよう思ったら、ちょっと複雑やわ」

「いいの、説明しなくてもわかってるわ、マーちゃんの気持ち」

「ううん、説明させて」

そう言いながらも、窓子の気持ちはなかなかまとまらずにいる。

＊

世は東京オリンピック開催で、いやが上にも盛り上がる高度経済成長のまっただ中。

毎月購読しているファッション雑誌『彩星』で、うっとり眺めたグラビアのコートの、作者の名前が、なんと玖美であるとわかった時の、あの驚き。

嬉しくて、すぐに電話しようと思ったのに、音信不通で暮らした歳月が長すぎた。今頃かけても、玖美の目には自分が、有名になったのを知ってすり寄るはしたない人間にしか映らないのではないか。怯んだ結果、それよりも、遠くで玖美を応援する方がずっと嬉しいことに思われた。なぜなら毎月載っている玖美の作品は、どれも窓子の心をとらえる〝ブリヨン〟な服だったからだ。

いいわねえこの服。作りたいわ、この服。すぐに、着てみたい。——何度、玖美の作品に焦がれただろう。さすが玖美だ、と思った。自分のことのように誇らしかった。

以来、窓子はずっと玖美に注目してきたのだ。

ところが、しばらく彼女の作品が掲載されない月が続いた。どうしているのだろう、病気でもしているのだろうかと気になった。

そんなある日、女性週刊誌で、世界のセレブリティーと対談している玖美を見た。

ソフィア・ローレンと会うのにローマで五時間待ち。かと思ったら、ソ連へ飛んでファッションについてのアンケート調査。そのまま日本へ帰るつもりが、ブローニュの森でロケ中のヘプバーンとのアポがとれて、またまたパリへとんぼ返り。それを得意がっている口調が、うらやましいというより、どこかいらだたしく思えた。

「玖美ちゃん、あなた何やってはるん？」

意を決して電話をかけたら、帰国してたまたま学校にいた玖美がつかまった。そして、久しぶりねえ、の感激的な挨拶の余韻がさめやらぬというのに、窓子は玖美の近況をそんなふうに責めたのだ。

「なあ玖美ちゃん。あなた、才能を無駄遣いしてはらへん？」

今思えば、唐突すぎる批判だった。だが会わない間もずっと玖美の作品を見てきた窓子には空白の意識はなかった。

「なあに？　マーちゃんごめん、あたし昨日パリから帰ったばかりで、時差ぼけで」

玖美が眠そうな声で答えたのは、まんざら言い訳ではなかった。帰国早々、出勤してきた学校で、つまらないことが原因で母と衝突した直後だったからだ。

それでも、電話を取り次がれた時、マーちゃんからだ、と一気に気分が晴れやかになったのは確かだった。なのに、いきなりそんな冷たい声が待っていようとは。

「週刊誌で見せてもろてるよ。ご活躍はほんまに嬉しい。けど、そんなことやってはる場合なんやろか？」

追い打つように窓子に言われ、さすがに玖美もぶっきらぼうになった。

「マーちゃん、悪いけどまた今度にしてくれる？」

時差ぼけは本当だった。母と口論したのも頭がはっきりしないせいだった。そして、十数年ぶりに連絡してきた友からの電話だと高揚した分だけ、気分は深く落ち込んだ。

〝今度〟があるのか、そもそも〝前回〟なんてあったのか、冷静に考える余裕もない。

「毎月、玖美ちゃんデザインの洋服を楽しみにしてはる読者が全国にどれほどいることか。そやのに、何やってはるんやろ」

自分がその一人であり、どれだけ玖美に期待しているか、だから、華やかに見えるけれど何も残らない特派員レポートなどそこそこにして、本分を忘れないでいてほしかった。それだけを伝えるつもりだった。

「それはありがとう。マーちゃんのご忠告、せいぜい胸に留めておきます」

玖美は、それだけ言うと、一方的に電話を切った。頭が割れそうで、吐き気がした。

待って、思わず窓子は叫んだが、もう電話は切れて、受話器の中で不通音だけが繰り返されていた。

＊

「うちがやっかんでる、としか思わへんかったやろね」

窓子のその問いに、玖美は答えなかった。事実、昔ちょっと知っているというだけでやたらなれなれしく近づいてくる者もいたし、親しくしていたのにやっかみから離れていった者もあった。有名になるとは、頭角を現すとは、そういうことなのだと知った。

「でも、マーちゃんが言ってることが正しいってわかってたの。特派員なんて、華やかだけど、虚飾の世界。自分が実体からかけ離れ、磨《す》り減ってたの。あんなこと続けてたら、あたし、いつか使い捨てにされて、何も残らなかったでしょうね」

熟慮のすえの、玖美なりの自省であろうと思われた。窓子は、救われたようにため息を洩らした。

「耳に痛い言葉だったから、だからよけいに、素直になれなかった」

それも、玖美らしい反省であった。

「あんな仕事はあたしでなくても、誰かが代われる。そうじゃなく、あたしにしかできないことをやらなきゃ。マーちゃんが言ってくれた意味に気がついたの。——あの電話で」

「よかった」

いま、永久凍土のように固まり続けた不安が、窓子の中で溶けていく。

「マーちゃんの一言のおかげで、あたしは軌道修正できた。感謝してるわ」

「ううん、そんな——」

持ち上げすぎであろうとはわかったが、それでも嬉しくないわけがない。

二人の間に、温かい気流が動いた気がした。

「電話しようと同窓会名簿を開いたんだけど、マーちゃん、番号を載せてなかったね」

それが二人の、ふたたびの音信不通の原因だった。

「ごめんね。名簿で、荒木が訪ねてきて、騙されたからね。だから基本的に載せないの」

ああそうか、と玖美が納得する。この友が、いかに傷つき苦しんだか、自分が何もしてあげられなかった無沙汰の時代が重かった。その後、荒木が別の詐欺でつかまり服役中であることは、おそらく窓子も知っているだろう。だがそれを話したところで、失ったものが返らないなら、忘れることがいちばんの救いだ。

「けど玖美ちゃんがデザイナーとしての本分に戻りはったことは、『彩星』を見ていたらわかったわ。あの雑誌、日本じゅうのおしゃれな女が必ず毎月見てたもんね」

その誌面でますます名を上げ力をつけていく玖美に、その後、窓子からは連絡できようはずもなかった。余計な電話でしこりを残したものの、陰ながら玖美の活躍を祈る姿勢に変わりはなかった。会えなくても、もう二度と思いは通じなくても、彼女の輝きこそが、何より自分の日々を励まし刺激を与えてくれる存在だったのだから。

＊

ありがとうね、マーちゃん。あたし、ちゃんと軌道修正したでしょ。

マーちゃんが言うとおり、全国の読者のためにいい作品を発表することが、あなたに返す答えだと思ってた。毎月、『彩星』には精力的に作品を発表したわ。

学校の方も、卒業制作にウエディングドレスを作らせたことが大成功でね。生徒たちからは、これを着てお嫁に行きます、と嬉しい反響が続々寄せられたし、またこの学校に来ればウエディングドレスを自分で作って仕度ができる、と評判を呼ぶことにもなった。

生徒たちが描くデザインは千差万別だったから、一人一人を指導しながら、あたしの中にもアイデアがこんこんと湧いたわ。

そして、この経験を経て、あたしは母に独立の宣言をしたの。

「あたし、オートクチュールを開くことにするわ」

何それ、と言わないのが、母の少しは偉いところでね。高級仕立て服を意味することは知っていたのよ。でも、だからこその不安はあったみたい。

「玖美、いまさら仕立て屋さんになろうっていうの？　学校はどうするの？」

当然の疑問よね。

パリでも十九世紀頃まではオートクチュールといったって顧客が一方的に、こんなの作ってちょうだい、って注文したものを作るだけだった。だけどそのうち、デザイナーがデザインしたものを顧客の体に合わせて仕立てるという逆方式、デザイナー主導に移っていったの。これって、顧客にとってはデザインを買うということ、つまり、作品を買うということなのよね。ポンパドゥール夫人やマリー・アントワネットなど、王室や貴族は上顧客だったでしょうね。

日本にもフランス以上に長い衣装文化があって、マーちゃんの実家がある京都でも、同じようにして着物の生産が守られてきたと思う。皇族やお公家さん、大名や豪商なんかが意見や希望を出し、職人が綿密にそれにこたえる。能装束なんてその最高峰だわ。目の肥えたお殿様たちの注文にこたえたことで磨かれていったあの精緻な技術こそは、日本の宝よね。

オートクチュールも、お針子が一刺し一刺し手縫いをして完成させるすばらしい手わざなのよ。ただフランスのファッションには、それら技術のすべてを統括し総合的にデザインするデザイナーが頂点にいるわけ。単なるオーダーとは違ってデザイナー主導だから、当然デザイナーの社会的地位も高いのね。そしてシャネルやサンローランなど、最高のデザイナーを輩出したことで、世界に冠たるゴージャスで洗練された文化になりえた。

戦後の日本のファッション界もね、ディオールやカルダンの作品を目のあたりにしたこともあって、今後何をめざせばいいかは見えていたのよ。あたしだってこの目でパリで見てきた。でも母の心配は、はたして、あたしがそういうデザイナーになれるのか、ってことにあるわけ。

だけど――、そんなもの、なるしかないじゃない。

そうよ、ないのなら作る。そもそも日本の洋裁は、「ない」というところから出発したんだもの。頂点だって、自分で築くしかないのよ。

母は今度も、黙って許してくれた。反対したって何したって、あたしがこうと決めたら気が済むまでやっちゃうことを知っていたから。

それに、もう三十を超えたあたしには、それなりの経験に裏付けられた判断力も知識もあった。だから母も、一目置かないわけにはいかなかったと思うの。頂点は土台となる山裾があってこそそびえるもの。あたしの土台はじゅうぶんに積まれ固められて、上に何を載せるか、ただ決断を待っていたのだわ。

学校を捨てるわけじゃない。おかげさまで後進も人材も育ち、あたしが直接教壇に立ったり経営に加わらなくてもやっていけたの。母もまだまだ現役だったたし。それに、優秀な生徒は、あたしのクチュールで就職できるメリットもできたわけだしね。

そうして勝負に出たのよ。赤坂のビルの一階に、小さな店を持った時のことは、忘れないわ。「クミ・サクラ」。そこが、あたしの最初のステージだった。

虹が、おりてきたのよ。いえ、おろしたの。自分のこの手で、ずっと遠くに仰ぎ続けていた虹を、あたしは地上に引き寄せたんだわ。

もちろん、虹は気まぐれ。光や雲の加減ですぐにもかき消えてしまう。順風満帆に見えても、輝き続けていくには必死の努力が必要なのよ。

第八章　Mieux《ミウ》　立ち向かう明日

ガラス窓の向こうの庭を、今度は着物の女性たちが横切っていく。黒留袖の、年配の女性で、二人、三人……。のらり、くらり、着物姿というのにどこか緩慢な歩き方で、池のほとりまで行って並び、笑い合うのは、写真を撮る位置を探しているのだろう。

「あら、結婚式が、あるのかしら」

先に気づいたのは玖美で、窓子も追って視線を合わせると、

「うちら二人がそろったから、呼んじゃったのかもね」

そう言って笑った。

それにしても、彼女たちの不恰好な歩き方といったら。そんなに大股に歩くのはジャージとやらの運動着の場合であろうに、平気で裾を乱して、まったく見られたものではない。いけない。〝服飾研究家〟とやらの目になってしまったと、窓子は目を逸《そ》らす。

もう今では結婚式でも年配の女性くらいしか着物を着ない。それですら、このありさまだ。若い娘に至っては一生に一度、成人式で振袖を着るのが関の山だろう。夏の花火のゆかたなど、もう窓子には理解不能で、花魁のようなダンサーのような奇抜な着付がおしゃれだとされる風潮なのには絶句するばかりだ。それでも、そういうかたちであっても、窓子の祖父の言葉どおり、この国がある限り着物はなくなりはしないのだ。

こんなことになったものも、もとはといえばいま玖美が話した終戦後のあの時代、各地に焦土が残るこの国が復興していく中で、もっとも勢いよく入り込んできた文化が洋服だったからだ。

そしてその流れは、結婚衣装にも入り込んできた。

「あの頃、洋裁雑誌を買えば、付録にウエディングドレスの型紙がついていて、見ればデザイナーは佐倉玖美。編み物の本を買っても、最後のページは鉤針のパイナップルレースで編んだウエディングドレスで、これまたデザインは佐倉玖美。大活躍やったねえ。まさに、着実に、若い娘さんたちの心をとらえ始めてはった」

手づくりだから現在のものとは比べるべくもない簡素さであったものの、白一色の清楚なドレスは、装飾華美な和式の衣装にまさるともおとらない魅力があった。しかも、自分の手で縫えるというのだから経済的にも大助かりだっただろう。

「作り方を教えることはできても、生地もない、小物もない、だからほんとにシンプルで」

「そやね。そやからうちも正直なとこ、当初はウエディングドレスなんか、ライバルとも思ってへんかったんよ。結婚てもんは家と家で行うものやし、親が面子《メンツ》にかけても拵えをするはずやねん。ドレスではなあ、安っぽいし、足が短こうて顔の大きい日本女性には、そうそう似合わへんねん」

その言いように、玖美は笑った。

「たしかにね。でもだからこそ身に合ったサイズ、よく見えるデザインで一人一人に作るクチュールが求められるわけよ」

こんな追想の中でも二人の思いが相反し、ぶつかる。ウエディングドレス。その草莽《そうもう》の頃を、玖美も窓子も懐かしく思い出すのだ。

＊

慶太さんの姪が嫁ぐと決まった時のことやけどね。

義姉さんの娘は二人いるんやけど、上の子はいつのまにか家を出ていってしもて、近所では駆け落ちした娘、と噂になってててね。ちょうどフォークソングで「花嫁」という曲が大ヒットした頃で、歌の中で、何もかも捨て、花嫁衣装だけを鞄につめて夜汽車で家を出ていく娘の心情が共感を呼んだ頃やったわ。

小さな鞄につめられるような花嫁衣装。歌ではええ響きやけどね。豪華で重い打掛を扱うちらからしたら、そんなもん鞄一つには収まらへん。悪いけどカーテンのように薄くて、丸めてもくしゃくしゃにならへん化繊のウエディングドレスを想起させたもんやわ。そして、そんな手軽な衣装で嫁に行く姪を、憐れんだりさげすんだりしたもんや。

実際、姪も、盆正月にも戻ってこぉへんとこを見れば、母親とも断絶したんかもしれへん。実の弟を踏みつけてまで大事にしはった娘やのに、なんや気の毒なことやった。慶太さんに訊くのも悪い気がして、そのままになってるんやけど。

残った下の娘が地元の高校時代の同級生と結婚するということで、慶太さんがうちに、ばつの悪そうな顔して、花嫁衣装を世話してやってくれへんか、言うてきたん。今度は「六月の花嫁」という歌謡曲が流行った年やったわ。うちが嫁いだんが六月やったこともあり、雨の多い六月に花嫁になるなんて衣装泣かせや、などとつぶやきながらその曲を聴いてたんよ。そやのに慶太さんゆうたら、のどかに姪を祝福して、

「西洋ではジューンブライドゆうて、いちばん花嫁がきれいに見える、ええ季節なん

やて」

手放しで姪のこと喜んでるもんやから、またまた呆れてしもた。

義姉さんとはいろいろあって、仕事の多忙にまかせてほとんど没交渉の状態やったんよ。それでも、あんな目に遭わされながらも、慶太さんには姉は姉やし、姪は可愛いらしい。瑠璃子とも、従姉妹どうし、会えば普通に、どんな人、どこに住むのと、女の子特有のお喋りをする程度には仲はよかったし。そんな様子を見ていたら、血のつながらへんうち一人がはじかれ者みたいで腹を立てる気も失せてしもたわ。親に問題あっても子供に罪はあらへんのやしね。おめでたいことではあるし、それもうちの仕事なんやから、そこは割り切って、ご祝儀代わりにサービスしてやろうと決めたんよ。そして快く、いいよ、とうなずいたまではええんやけど――。

そしたらねえ、よう聞いたら、うちに衣装をたのみたいんとちゃうねん。

「窓子の昔の同級生が佐倉玖美やって教えたら、雅美のやつキャーとか悲鳴を上げて、ぜひ安くしてもろて、ってすがりついてきたわ。えらいもんやな」

って言うねんよ。

雅美というんが姪の名やったこともうっかり忘れるとこやったわ。それほど疎遠になってたのに。ただでさえ田代の娘というので世間ではうちの瑠璃子とごっちゃにされて、まだ中学生やのにあの駆け落ちした娘さんですかいな、なんて間違われるのも苦々しかったんや。

なんかこう、血っていう太い絆の前に、がつんと突き飛ばされた気がしたわ。そりゃ、玖美ちゃんという同級生が、姪からもあこがれられるドレスを作ってるデザイナーやいうんは誇らしかったけど、安くしてくれ、なんてさもしいこと、うちはよう言わんわ。第一、叔母のうちが営んでいる打掛のことは飛び越して、失礼やんか、なあ。言葉にすれば愚痴になってしまうわ、ごめんね。——ほんま、どういう感性の違いなんか、義姉さんから受けてきた仕打ちはどれもこれもが苦々しさに満ちてる。

それでも結局、仕事先を通してドレスを調達してやったんやけど。これがまた気に入らへんわけよ。こんな安っぽいのはあかん、いいやこれにすると、家の中でさんざんもめたらしく、結局、慶太さんが間に入って、打掛に文金高島田でしはることになったわけ。

そうとなれば最高級の新作を調達してあげんとね。甲斐あってその豪華さに、さすがの義姉さんも口を出さはらへんかったし、姪も、あらゆる不平を解消し、目を輝かせて喜んだもんやわ。

そやのに当日、式場で見た花嫁姿は、うち、生涯忘れられへんほど強烈やった。

大きくえらの張った顔の姪には、ちまっとした鬘《かつら》がまったく合《お》うてへんねん。白塗りにされ口紅だけ真っ赤にほどこされた顔は、なんや妖怪めいて、晴れ姿というより演芸会のお笑いネタの扮装のよう。慶太さんが撮った写真の中でも、その花嫁は語りぐさや。もちろん誰も口に出してはよう言わんかったけど、多くの招待客が度肝を抜かれたはずやわ。

うちらが嫁いだ時は、地毛で髪結いさんに結うてもろたもんやけど、時代は流れ、ほとんどの花嫁が美容室に置いてある鬘の中から頭に合うもんを選ぶ仕組み。姪の場合、美容室にはよほど手持ちが少なかったんかしらねぇ。

その後お色直しで登場した時は、色ばっかりどぎつい化繊のドレスながら、普通の娘らしくて、なんぼかましやったと思う。昭和に生まれた娘さんは、もうほとんどが洋服で育っているから、着物より、洋服の方がずっと馴染むんやね。

きっと玖美ちゃんの働きどころは、そんな娘さんたちの救済という点にあったんやろね。

なにしろあの時代は、ほんまに美容室の天下。美容室が持ってる既製の鬘に人間が合わせるっていうさかさまなことがあたりまえで、姪に限らず、鬘が合わんと頭が痛くて顔色も冴えず、せっかくの披露宴で台なしになった花嫁さんを、うちもいっぱい見てきたわ。

そんな現状こそが、玖美ちゃんを前へ、突き動かしたんやろねえ。

けど、まさかあんなところで、玖美ちゃんと再会するなんて――。

今思い出しても、劇的やったわ。東京と京都、ウエディングドレスと着物。卒業以来、まったく対極の場所で生きてきたうちらに、よもや共通の場所がつながるなんて、ね。


いいえ。マーちゃん、驚きは、あたしの方が大きかったんじゃないかしら。

あれは東京でも京都でもない、大阪の百貨店。上層階のフロアの奥、静かでゆったりとした時間が流れる婚礼サロンだったわね。結婚が決まったカップルや親子が、結納品やら引き出物やら会場選びの相談をするため訪れるから、応接セットが置いてあって、温かいお茶も出して、一生に一度の晴れ舞台のための商談が、こと細かに行われる空間。

マーちゃんが関西でしっかり暮らしているのは知っていたけど、何の仕事をしているのかは知らなかったし、第一、あの〝お叱り〟の電話の後だったしね。

その上、あの百貨店へは、あたしは飛び込み営業に行ったにも等しかったの。そうよ、自分のデザインした作品のアルバムを手に、あたしもマーちゃん同様、自分で〝営業〟やってたのよ。自分の作品は自分がいちばんよく知っているから、いちばん上手に説明できるのよね。

でも、洋服売り場担当の部長さんには長く待たされたあげく、冷たい対応を受けてばかり。売れない、と判断されてしまったからよ。

それにひきかえ、後からやってきたマーちゃんは、にこやかな女性店員に二人も三人も付き添われながら、賑やかな関西弁で笑いとばしながらやってきたんだもの。マドコ先生、なんて呼ばれてるから、最初はあの百貨店の大顧客さんの奥様なのかななんて思ってたくらいよ。

でもまさか、あの百貨店の婚礼サロンにある貸衣装のほとんどを、マーちゃんが手がけていたなんてね。「マドコ・しらさぎ花嫁庵」、そりゃあ名前は嫌と言うほど見ていたけど。

運命って、時々ああいう意地悪をするのよね。

あたし、関西に乗り込むについては、さすがに京都は〝一見さん〟を好まないというのを聞いていたから先に大阪に行ったんだけど、まさか商売の町と言われるところでも古い気風が同じだとは思わなかったの。東京はその点、地方からやってくる人たちの寄せ集めってとこだから、消費者意識なんて多様すぎてまとまらなかったし。

なにしろ時代はいざなぎ景気。——うまく言うわね。我が国始まって以来の景気ってことで神武景気と呼ばれてから十年もたっていないのに、今度は東京オリンピックで、上げ潮のような高度経済成長。それは、イザナミ、イザナギの国作りの時に戻ってからでも、いまだなかった景気、ってことで名付けられたみたいね。ともかく、既製服がどんどん作られ始め、おしゃれでハイファッションなものを売っているのが百貨店だった。

それなのに、婚礼だけはいまだ呉服一辺倒。いくら百貨店が三越や伊勢丹のように江戸時代には呉服屋だった前身を持つとはいえ、ショーケースに並んだ豪華な花嫁衣装はすべて打掛か白無垢ばかり。何時代よ？　先を見るのがファッションなのに、遅れてるわ、って思ったのが、みずから営業してやろうって思った始まりなの。

でもね、あの頃、やっぱりみんな、頭が固いのよね。用件を言うと、誰もが、そんなのたいして売れるわけがない、つまりは儲からないってことで、話にならないわけ。そしてたらい回しのように、婚礼サロンへ案内するわけよ。そして、洋服の販売部長はいつのまにかいなくなって、貸衣装部門の責任者が、でん、と出てくるの。

あの時、マーちゃんと会った大阪の百貨店でもそうだった。

大阪なら、新しいビジネスチャンスに敏感で、商機を読んで冒険も辞さないんじゃないか、って考えてやってきたんだけど、甘かったわね。やっぱり、婚礼サロンに連れて行かれて、東映のチャンバラ映画の斬られ役みたいに渋い顔した部長がこう言ったわよ。

「うちは貸衣装をこれだけ取りそろえています。百着とはいかないけど、八十着は下らない数ですよ。皆さん、そりゃあ悩まれますよ、どれにしようかって。それがまた百貨店の使命でもあるんです。品ぞろえの豊富さが、我々百貨店の自慢で、町の美容室とは格段の差だと自負しています。そのため、常に新作は取り入れますし、くたびれてきたようなのは、どん、と値下げしてご奉仕する」

ええ、ええ、知っていたわ、そういうシステムになってることは。それがどうしたの、って聞き流していると、結論はこうよ。

「なのに、買い取りでウエディングドレスなんか売ったりしちゃ、これだけの貸衣装が回らなくなり、業界全体、首を絞めるようなものじゃないですか」

啞然としたわよ。既得権益の業界が回らなくなる、すたれてしまうから、ドレスの販売はできない、って言うわけよ？　どこかおかしいんじゃない？

あたしのドレスは、お客さんとなる消費者、つまり、未婚のＯＬさんたちにリサーチして、その上で価格帯を設定して作ったドレスなの。それには綿密にアンケートを取って、サラリーの何割くらいを結婚式の資金に充てますか、ってことを正確に調べたわ。だからコンセプトとしては、若いカップルが親御さんの経済力をたよらなくても、新郎さんや新婦さんが自分の一ヶ月分のお給料でじゅうぶん買える値段、ってことだったのよ。

それを、お客さんのことは考えず、自分たち既成の業界を守るために新しいことはできない、なんて、それ、商売人としての良心はどうなの、って言いたかった。

そんなところへやってきたのがマーちゃんだったってわけ。

お互い、最初はわからなかったわよね。

だって卒業以来だもの。十代の、おかっぱ頭の女学生が、こっちはパリで仕立てたテーラードスーツ、そっちは結城紬《ゆうき》に塩瀬《しおぜ》の帯の、どちらもちゃんとした大人になっていたんだからねえ。

時間はかかったけど、二人が女学校の同級生とわかると、やっと担当者の態度が変わったわね。いや、ほんとよ。あたし一人の時じゃ、お茶も出なかったんだもの。マーちゃんが来て初めて、そうですかそんなにお久しぶりですか、って、マーちゃんの向かいの椅子を勧めてくれたのよ。

だから、あたし、またマーちゃんに助けられたと思ってる。あのまま門前払いだと、百貨店にウエディングドレスが飾られるまで、もっと時間がかかったんしゃないかと思うわ。ええ、ほんとに。


覚えてるわよ、玖美ちゃん。

ほんまに、運命って、風見鶏みたいに、気まぐれな風に吹かれて突然西を向いたり東を向いたりするのよねえ。

あの日は瑠璃子の誕生日で、早く帰ってお祝いをせなあかん日やのに、地下の洋菓子店にたのんでおいたバースデーケーキを受け取りに行った後、仕事柄やね、せっかく来たんやから挨拶だけでもと上がっていったんよ。こまめに接触しておくんも、営業の心得やしね。

そしたら、玖美ちゃんが立っていた。雑誌で見てたから、うちの方ではすぐに玖美ちゃんとわかったわ。

もう、ほんまに、懐かしいやら、嬉しいやら、震えがきて、すぐには何も喋れんかったわ。

そんなうちを見て、売り場の人もびっくりしたんやろね。ふだんはこう見えて、けっこうバリバリやり手の窓子さんやったから。

長いつきあいのあるあの婚礼サロンの部長さん、渋い顔が売りやけど、中身もきっちりとしたデパート・マンでね。一度ちゃんと聞く耳持ったら、それなりに検討する人なんよ。すぐに洋服販売の担当につないでくれたんは、よかったね。

やっぱり餅は餅屋、専門の人に話さないと通じひん話やったんよ。部長にしてみたら、当時あの百貨店でも貸衣装部門が相当な利益を出していたから、それを減らす恐れのある話は、受け入れたくなかったんやろね。

けど、洋服部門にしてみたら、玖美ちゃんの持ってきた話はビジネスチャンスとしては魅力があったと思う。試しに置いてみます、ってことになったんは部長から聞いてたけど、その口ぶりも、余裕やったわ。

「洋服売り場の床面積からしたら、ほんのわずかな場所ですわ。ちょろっとぶらさげてあるっていうだけ。ま、百貨店ですから、商品の種類が豊富というんを示す意味では、ウエディングドレスも置いてある、と周知するんは悪いことやありませんしね」

ごめんね、うちも、実は同感やった。

いくら玖美ちゃんのドレスがきれいでも、打掛の豪華さに比べたら、しょせん駆け落ちの花嫁の衣装。嵩も低くて貧相で、最初から相手にならん、と思ってたん。打掛が横綱やとしたら、ウエディングドレスはさしずめ、細っこい幕下のお相撲さんが出て来て、なんや爽やかやなあ、って珍しがられてる、そんな感じ。

売り場では、若い娘さんらが、わあウエディングドレスやわ、て、うっとり眺めていく姿をよく目にしたよ。けど、一生に一度の結婚式に、それだけでええかというと、まだまだ世間は納得せえへんかった。あの若い娘さんらは、遠い昔の玖美ちゃんとうち。世間を知らん〝夢子に夢代〟が眺めて楽しむだけのものやと信じてたわ。

それが、——まさか、逆転していくことになるなんて、ねえ。

マーちゃんの言うとおりだわ。たしかに当時のウエディングドレスは　横綱に対戦する幕下力士。

あたしね、パリから帰る前に、残ったお金でヨーロッパを一周してみて、結婚事情が日本とはまるで違うことには驚いたの。

ヨーロッパでは、衣装を借りる、なんてありえないわけ。たった一度きりでも、自分だけが着る、晴れの門出の服なのよ。シンプルでも、飾らなくても、純潔を強調するのが婚礼衣装なんだから。

けれど、日本は経済的に飛躍的に発展した結果、豪華なもの、高価なものへの志向に歯止めがきかなくなって、買い取りのしょぼいドレスだけですますなんて満たされないようになっていたのね。借り物でも豪華な方がいい、というこの価値観。恐るべし、貸衣装。戦後の荒廃からすっかり根付いたこの横綱システムに対抗するのは、たいへんなことだった。

でもね。対抗する必要なんてないって、気がついたのよ。日本にはお色直しの風習も根付いてる。だから着替えればいいのよ。まず和式の打掛を着て、それから洋式のウエディングドレスに。どっちか一つを選ぶ二者択一じゃなく、どっちもやればいい。これなら既成の業界とも、つぶし合ったりせず、両者がともに栄えるってもんじゃない？　それにドレスだって、買い取れることを念頭に置かなくたっていいんだわ。借りられるドレスがあるんならね。

それであたしもとことん豪華なドレスを貸衣装で作ってみようと思い立ったわけ。

一着何十万もするドレスでも、たとえば四人が借りてくれたら、値段は四分の一。白いドレスは汚れも目立つし手入れも大変だけど、四回借りてもらえれば元がとれる、そういう計算で作ればいいわけよね。これは先に確立していた貸衣装のシステムのおかげ。

そして、日本で初めての、ウエディングドレスだけのファッションショーを催したの。その名も「佐倉玖美　ブライダル・コレクション」。

ブライダルなんて言葉すらなかった業界に、あたし、狼煙《のろし》を上げたのよ。

これはずいぶん話題になってね。自分で言うのも変だけど、おとぎ話のお姫様が絵本から飛び出したようにきれいなんだもの、誰もが虜にならないわけがない。成功させる自信はあったのよ。自信がなくちゃ、できやしない。

ところが美容室や和式の業界からは猛反発。伝統的婚礼の破壊者、業界の敵、ってね。共存共栄を望んでるあたしが〝敵〟だなんて、おかど違いなのに。

そりゃあひどいバッシングだったわ。なにしろ、こっちはたった一人。向こうは大勢。数では歯が立たないもの。

でもそんなことにへこたれている暇はなかったわ。とにかくコレクションは、やらなきゃ、幕を開けなきゃ。

抵抗する人よりも前進する人が多ければ船は進むものよ。あたしについてくるカマラード＝《イコール》同志たちがゼロでなければ時代は動かせるのよ。

そしてコレクションの成功の前に、反発の声はだんだん減っていった。どんな弁明も要らないくらい、作品たちは多くの人々を魅了し、支持されたから。

それが、お店を出した次の年のことだった。マーちゃんと百貨店で再会した、あの年のことよ。

その頃には、都市のホテルの中に、挙式のできる神殿ができ始め、わざわざ結婚式を挙げた神社から披露宴の会場となるホテルへ移動しなくてもよくなっていったのね。だから、裾の汚れが気になるドレスも、どんどん広がりふくらませて豪華にできた。

そうね、結婚式専用の司会者っていうのがあらたな職種として成り立っていったのもその頃からよね。

ウエディングドレスは西洋の風習だったけど、日本は日本のやり方で発展していく。初めは貸衣装屋には敬遠され百貨店も積極的に売る気がなくて距離を置かれていたあたしのドレスだけど、浸透させるための努力を惜しまなければ、いつかそれは育って、それなりの枝葉を広げていくもの。そうよ、虹ははるかに遠いけど、這いつくばって眺めてるより、背伸びしてつかみに行く方が楽しいじゃない。うふふ、今思い出しても楽しいくらい。

でもね、まだまだ、それは第一歩。

当時は生地もなかった、小物もなかった。手袋だのコサージュだのはもちろん、ベールのお花やブーケのリボン一本まで、自分で作らなければ何もなかったのよ。だから紡績会社と組んで、あたしが望むような生地を企画し、そのとおりに開発してもらわないといけなかった。ヨーロッパからも、高級レースやビジューを買い付けたりね。何もかも、ゼロから始めたのよ。だって、あたしの前には誰もやる人がいなかったんだから。

やり甲斐はあったわよ。それが、前人未踏という醍醐味かしらね。あたしが思いつき、あたしが手がけ、あたしが実りをもぎとり、また種をまく。そんなことの繰り返しよ。

ファッションショーは、それ以来毎年やっているのよ。どんなに苦しい年でも。

パリコレもね、昨日今日パリにやってきた人が誰でもできるってもんじゃないのよ。パリに拠点となる店を何年かにわたって出しているとか、フランス人の従業員を何割以上雇用しているとか、組合員でないとだめとか。その資格はとてつもなく厳しいの。またこの組合に入れる条件というのが、ハードルが高くてね。支払う年会費もさることながら、同業者何名かの推薦が要ったりするわけよ。かつてのようにアジア人だからだめ、と露骨に排除できない分、フランス人の砦を守るために必死なのよね。

だから、日本人でパリコレに出せたのは、あたしを入れて過去に数えるほどしかいないでしょ。

異邦人がパリで頂点をきわめるなんて、そりゃ、口では言い尽くせないほどたいへんなことなの。あたしは自分のブランドのレベルを保つため、歯を食いしばって踏みとどまってるけど。だってあたしのデザインのポジションは〝世界〟にあるんだから、何がなんでもやらなきゃだめなの。

ピエール・バルマンが来日した時、対談する機会があってね。あたしのこと、ものすごくうらやましがるのよ。あの、世界のバルマンが、よ。

というのは、多くのデザイナーはファッションショーでいろんなタイプの洋服を発表し、やっと最後はウエディングドレス。フィナーレ用の華として用意するのね。つまり、彼らは、ショー最大の華をそれ一着しか作れない。

「なのに、あなたは全部ウエディングドレスだ。なんてうらやましい」

通訳を介して、そう言われたの。

ほんと、そうだわって思った。マーちゃんとあたしがよく描いていた女の子用のお絵かき帳と同じね。いっぱいいろんなデザインのお洋服があって、そして最後はお嫁さん。花嫁衣装は、とっておきのお楽しみだったよね。

あたしはその最後に取っておくべきお楽しみ、夢のフィナーレを、そればっかり作る幸せな仕事に就いたんだわ。多少きびしい現実があっても、やっぱり、どこまでも幸せをめざしてがんばらなくちゃ、って思ったの。

第九章 Camarade《カマラード》 美を継ぐ者

ふと目の前のカップへと意識を戻されたのは、ホールの方がひどく騒がしいからだった。

天井は吹き抜けだが、大理石を使ったエントランスの床や壁に、人の声が反響している。

いぶかしんで、そちらの方を振り返ると、

「今、あちらで結婚披露宴が終わりまして、皆様、外にお出になるところなものですから」

さっきのスタッフが、水の入ったポットを持ってテーブルの間をやってくる。

全然かまわないわよ、二人同時に、微笑みだけで了承を返した。

「今日は仏滅やったはずやけど、もうそんなこと、気にすることもあらへんのやね」

ホテル全盛だった結婚式が、今はこうしたレストランや、普通のお屋敷でこぢんまりアットホームにやるのが流行でもあるらしい。結婚式のスタイルが画一的でなくなっている何よりの証であろう。

「うち ら二人がこないしてお喋りしてたどる昔話も、そのまま、昭和っていう歴史になってるね」

事実、自分たちは、花嫁衣装という切り口の上で近代史を生きたのだと窓子は思った。

「それでその後、――」

またお喋りに戻ろうとしたものの、玖美からさっきの続きを聞くまでもない。それは、窓子も知っている輝かしい玖美の活躍の時代。この国の、ブライダルという側面の歴史そのものだ。

英国でのダイアナ妃とチャールズ皇太子の結婚式がテレビ中継され、日本でのウエディングドレス・ブームに拍車をかけたことも大きい。クリスチャンでもないのに教会での結婚式が主流となり、バブル景気とあいまって、〝派手婚〟といわれる盛大な結婚式が普通になっていったのだ。玖美のドレスは、その時代の象徴だった。

「お見事でした。どう考えても、やっぱり負けは負けやわ」

「また勝ち負けなんか言ってる」

競っていたわけではない、そう言いたかったが、やはり窓子は競っていた。遠く離れているからこそ、玖美の活躍を遠い星明かりのように見上げながら。

「和服業界では、いっとき、玖美ちゃんが日本の古きよき伝統を壊す破壊者のように言われたこともあったけど、こうして振り返ってみたら、そもそも豪華な貸衣装なんて、戦後生まれた伝統でしかないんやしね」

すべては大きな川の流れと同じことか。いっとき川幅を広げ、大きなよどみとなって永遠にとどまるかに見えた水も、やがて流れに押されて形を変えていく。そうと知りつつ、人は流れの中で、少しでも長くとどまる最上の美を追い求める。自分たちは、そんな流れに身をゆだねてしまった者たちなのだ。

女学校のバルコニー、お絵かき帳に見本帳。〝夢子に夢代〟は、大きな流れをほとばしらせ、走りに走って、この先、いったいどこまであふれるのやら。

「何言ってんの。マーちゃんは仕事だけじゃなく、瑠璃子さんも、七海ちゃんも、リアルな血潮で心が受け継がれていくんだから、うらやましい限りよ」

唐突に玖美が言う。お互い、夫を亡くした身であることは同じでも、子供を持つ持たないは、二人の境遇の大きな違いなのだった。

受け継ぐ者――。考えてみれば、じゅうぶんに生き、地上に長く居場所を占めた者が去って行く時、空いた地面で誰が次に命を営むか、わかっているなら心は安らかだ。まして大樹となった者の地面なら。

「うちは、ただ子供を産んだだけのことや。後はあの子らが勝手に伸びていく。地を這った蔓《つる》みたいなもんや」

たいしたものは残せないながらも娘から孫へ、命の受け継ぎができたことについては窓子に気がかりはない。

「けど、玖美ちゃんの場合は〝血〟より才能やんか。クミ・サクラという完成された世界をちゃんと維持できる、そういう才能のある人でないと信頼できひんやろ」

おそらくここまで育てたクミ・サクラというブランドは、不滅のままに継承されることになるのだろう。死後もその名とともに、彼らの描いた美の世界が継承されているシャネル、イヴ・サンローラン、ピエール・バルマンなどなど、ファッション界に偉大なる塔を建てて去った先駆のデザイナーたちのように。

「そない思たら、やっぱり生身の人間の方が厄介やわ。子供は親の思いどおりにはならへん。どこの世界も二代目は、良くも悪くも道を開いた初代のコピーにはなってくれへんもんね」

それは兄の家を見ても言えることだった。かつて淳之介は父の辰治から、もっと職人仕事を学べと叱られたものだが、戦後の混乱に耐え、高度経済成長の波を味方に成長しただけあって、体験に磨かれ顧客に高められてきた。そんな彼が、今度は芸大卒の息子がコンピューターの画像の上で簡単に線を動かし色を注ぐのを歓迎しているとは思えない。

「娘や孫なんて、なおさらよ。それぞれの家族があってそれぞれの生活をしてるんやから、いつまでも一緒には暮らされへん。今となっては、いてもいなくても同じことや」

吐き出すように言ったのは、何も、子供を持たない玖美への配慮のせいだけではない。それは窓子の正直な思いであって、子供を産んだことも育てたことも、この年になってみればすべて、過ぎゆく川のほとりの一つの風景にしかすぎなかった気がするのだ。

「あの子には、ほんま、えらい目ぇに遭わされたもんやし」

とうに冷めてぬるくなったカップを口に運ぶ。まだ、こうしてここに来るまでの水の流れが、勢いをおさめぬ頃へと思いを戻しながら。

＊

娘の瑠璃子が結婚したんは大阪万博が賑々しく終わって、戦後のベビーブーム世代が適齢期に達する時代やったわ。

自分が着物の仕事をしていることもあって、人がびっくりするほど派手な結婚式をさせてやりたい、って望んだんは、ほかでもない、このうちやったわ。終戦まぎわの何もない時代に嫁いできた身やから、ゆたかになった分だけ、娘を存分の仕度で送り出してやりたかったんよ。慶太さんはその三年ばかり前に、心臓の病気でうちを残して逝ってしもたから、なおさら、女親一人でも娘にはじゅうぶんすぎる仕度と盛大な式で送り出してやりたかったん。

そやけど、瑠璃子はうちに、さからった。

もとより、仕事の忙しさにかまけて慶太さんに育てさせたも同然の娘やったけどね。世間の母娘のような、甘やかで優しい関係は築けず、思春期以来、ずっとあの子には反抗の限りを尽くされたわ。

展示会前の多忙な時期に学校から呼び出されることなんかしょっちゅうやったし、試験というのに瑠璃子が登校してきぃひんと連絡を受け、あちこち探し回ったこともあったわ。いきなり警察から夜中の駅前で補導しましたと電話がかかってきたこともあったしね。

子供は、小さい頃に親孝行のほとんどをしてくれる、って聞いたことがあるけど、ほんまにそう。五歳頃までは、お母さんお母さんと、仕事に出かけるうちを泣きながら追いかけてきて、引き裂かれる思いをした愛しい子ぉやったのに、自我というものが芽生えてからは、母親批判の連続で。

あの子が何かしでかすたびに慶太さんを責める口調になってしまうんは当然で、うちがどれだけ家族のために働いてるか、まったく伝わってへんむなしさをぶつけても、へらへら笑《わろ》てはるだけの夫やった。瑠璃子はそんな両親のいさかいさえも冷え冷えとした目で眺めていたように思うわ。

うちへの批判のきわめつきは、慶太さんが死んだ時。お葬式を出した夜のことやったわ。

慶太さん、もともと丈夫やなかったから兵隊にも行かはらへんかったくらいで、年がいってからは動きもどこか緩慢でね。その日も、まさか突然倒れて亡くなるとは想像もせんかった。仕事先で連絡を受けて、帰ってきた時にはもう息を引き取らはった後や。あっけなさすぎた。

それでも泣いてなんかおられへん。喪主はうちやもん。義姉さんやら京都の兄ちゃんやら、親戚に連絡して葬式の準備せなあかんやんか。今みたいに葬儀屋が何もかもやってくれる時代とちゃうしね。そのてきぱきとしたうちの采配が、瑠璃子は気に入らんかったんや。お母ちゃんは、お父ちゃんが死んでさえビジネスライクにものごとを進める。愛情もいたわりもないんやろ、って、そない言うて面罵《めんば》されたわ。

もう、全身から力が抜けたわ。気ぃだけ張って慶太さんの死に立ち向こうてたのに、うちには寄り添う家族は一人もおらへんのや。うちは今まで何をがんばってきたんやろ。

慶太さんの遺品のカメラには、倒れる直前まで撮ってた景色が写っててね。鉄橋を走ってくる電車や、土手に咲いたたんぽぽの花や、のどかなもんがいっぱい。これがあの人が最後に見た景色やったんかと思ったら、うらやましかった。なんや、あくせくしてたんはうちだけやったんかいな、って。

けど、あの人を、少なくとも苦しむことなく送ってやれたんはうちの手柄やない？葬式の夜に一人で泣いたんは、夫を亡くした悲しみだけやなかったと思う。

瑠璃子が結婚相手に選んできたんは、離島の小学校への赴任を希望する青臭い同級生やったわ。あの子自身、教員免許を取ったんは、手に職つけて、うちから離れたいという一心やったみたい。都会を離れ、行ったこともないさいはての地で、素朴な子供たちを相手に生きたい、なんてね。

そんな青臭い夢を素直に認めてやられへんかったんは、姪たちのことが頭を離れんかったせいやったわ。

うちがどれだけ義姉さんに煮え湯を飲まされ悔しい思いをしてきたか。慶太さんの葬式にさえ、遺産はどうなっとると乗り込んできた非情な人や。せめて娘の結婚では、義姉さんがあっと驚くような結果を見せてやりたい。ぐうの音も出えへんほどの玉の輿に乗せてやりたい。愚かと言われようが、それはうちのささやかな意地やってん。

実際、長くこの世界にいて、見合いで瑠璃子を世話しようという知り合いはぎょうさんいてくれはったし、願ってもない話が少なからず持ち込まれてきてたんよ。そやのに瑠璃子はことごとく嗤《わら》い嘲り、拒否して捨てた。お母さんのロボットやない、言うなりの結婚はせえへん、って。――まあ、どっかで聞いたせりふやな、と胸にちくりときたけどな。

そうや、昔、うちも玖美ちゃんも、似たようなこと、言うたよねえ。

けどね、今になってみれば、二十歳やそこらの小娘が生きた時間の、数十倍も苦労して今日まで来た母親や。うちの思いに従えば、間違いのない人生があるのはわかってるやんか。そやのに、聞く耳を持たへん、あほな娘や。

ほんま、自分が産んだ娘やいうのに、ちっとも思いどおりにならへん。への緒が切れたとたん、母も、娘も、まったく別のものになってしまうんや。

ごめん、玖美ちゃんにこんな話をしてもしょうがないとは思うねんけどな。

「お願いやから、花嫁衣装だけは着ていって」

最後は泣き落としやったわ。最大限の譲歩を示した後で、最小限の希望を告げたんやけど、即座に拒否して返す娘がおったわ。

「イヤや。お母さんてば、それを承諾したらまた一つ、披露宴は派手にしてとか、使いもせえへん箪笥や布団を嫁入り道具に持っていけとか、だんだん条件を上げてくるねんから」

可愛いと思う分だけ、そむかれればそれは憎しみとなるねんよ。ささいなことで、そんなふうに毎日争い合って、世界中にうちの味方は一人もおらへんかった。下手をすれば瑠璃子が身一つで出ていってしまうかもしれへんと怯える矢先、

「瑠璃ちゃん、お母さんの言うとおり、花嫁衣装は着て、出てこいよ」

そない言うて瑠璃子を諭したんは、ほかでもない、うちが反対した結婚相手の婿やった。

「僕も、瑠璃ちゃんが花嫁姿になって、みんなに認められてお母さんの手から僕のとこに来てくれるんを、確かめたいやんか」

柔らかに包み込むようなその一言に、瑠璃子の頬を、一つぶだけ、涙が滑り落ちてね。

大事に育てた母親の手から離れて、自分のところへ来る愛しい人。花嫁姿は、男にとっても、大きな責任を抱え込む一つのけじめやったんやね。

胸の中に、遠い昔に聞いた長持唄がよみがえったわ。

手放す娘の惜しいこと。別れるこの日の悲しいこと。けれど幸せになってほしい、

だから寂しいけれど悲しいけれど、新しい家族となる皆々様、どうぞこの子をお願い申します、歌はそういうことやった。

別れの悲しさをこらえ、かといって喜びに躍り上がることもない、悲しみと喜びのはざまで心の均衡を保ち、娘のために歌い上げる日本の親の心の晴れやかさ。この抑制の効いた、精神のバランスこそが、花嫁行列の美しさやったんやねえ。うち、長年、人様の花嫁衣装を拵えながら、その時になってわかった気がしたわ。

お母ちゃん——、瑠璃子がそう呼びかけたけど、後が続かへん。ごめん、そして、ありがとう、そんなん、言うてくれんでも、もうようわかってたわ。反抗は、愛してほしい、かまってほしい、そう求める気持ちの裏返しやったんや、とはね。

ええ婿と巡り会った、そう思えたわ。少なくとも、肝心なとこでも何も言えん慶太さんより、ずっと男らしい。それが、合否判定の分かれ目やったかな。

涙やったら、うちの方こそ止まらへんようになってたわ。今みたいに派手にハグする習慣なんてなかったから、うちら、近寄りもせず離れもせず、互いのいる場に立ったまま泣くばかり。そんな母娘を、婿となる若者だけがおろおろと見守ってはったことを思い出すわ。

そうして、うちが用意した白無垢に綿帽子の花嫁衣装を着て、瑠璃子は家を出ていった。

これほど美しい娘やったかと、今さらながらに、自分の手の中にあったものがどれほど輝く宝であったか、思い知った気がしたわ。

慶太さんに、見せてやりたかった、そう思った。生きていたら、嬉々として瑠璃子の周りを右へ左へ、小躍りしながら写真を撮りまくらはったことやろに。

あの人、うちに面倒ばかりかけて逝ったけど、写真だけはいっぱい残してくれてね。幼い瑠璃子を抱き上げてほおずりしているうちの写真。困って、不機嫌な顔をしてるうちの写真。大きな口を開いて底抜けの笑顔を見せている写真。――結婚して、子供を産んで、若い母親になった幸せに満ちた女の顔ばっかりや。どれも、輝いていて、美しすぎて、うちってほんまは幸せやったんやなて、思い至らせてくれる写真ばっかりやねん。それを一枚一枚、見ていたら、なんや、泣けて、しょうがなかったわ。

＊

玖美は静かに聞いていた。そして、やはり冷めたカップを口へと運び、こう言った。

「マーちゃん。へその緒のことを、絆、って言うのよ。ほら、赤ちゃんがお腹にいる時、

〝身一つ〟って言うでしょ。おぎゃあと生まれて身は二つになり、へその緒という糸で半分になる。『絆』という字は、それで糸へんに半分と書くわけよ。でもね、その糸は、身が別々の二つになっても、ずっと切れずにつながっているのよ」

それは玖美が、よく招かれていく披露宴での主賓の挨拶での常套句なのかもしれない。妙に説得力のある話だった。

「そしてご主人、慶太さんはね。物理的な糸ではつながってなかったけど、人生を半分こ。失ってみて、今ここにいないことが惜しまれるのは、やっぱりそれも絆なのよ」

それも、玖美が最愛の夫を亡くした後の悟りであるのだろう。だからこそ、ウエディングドレスを着て結ばれる若い二人に贈る彼女の言葉が重いのだ。

夫の死を、彼女は少しも語らなかった。それは、今なお過去の思い出にせず、現在進行形のパートナーとして、この瞬間もともに生きているからだろう。

花嫁衣装は、思えば、人生を半分ずつともにする者たちの絆の証なのかもしれなかった。

泣き顔のまま、窓子はそんな思いを胸におさめた。

「孫の時代は、もう結婚式すらせえへん言うてね。するとしても、親戚も、親さえ呼ばず、海外でひっそり、二人だけで挙式するって」

「あら。多いのよ、海外での挙式も。リゾート婚っていって、ハワイは人気よ」

驚きもせずあっさり返す玖美に、窓子はため息をついた。

「でも考えてもみてよ。瑠璃子は自分自身、あれほど私にさからってんよ。そやのに、今度は七海に、せめて結婚式だけはやれなんて、まあ、よう言わはるわって、そう思ったわ」

これには玖美が笑った。

離島の小学校の教壇に立った瑠璃子は、その島で生まれた娘に、教室から見えるエメラルド色の海にちなんで七海と名付けた。皮肉なことに、その年、入れ替わるように婿の父親が亡くなった。大阪にある真言宗の寺の息子だった彼は、気楽な次男坊のはずが、兄が寺の跡取りとなるのを拒んだために、急遽、寺を継ぐべく、瑠璃子と七海を連れて家に戻っていったのだ。

母親の望む安定の道を拒んだくせに、結局はもっとも保守的な、寺の奥さんとしての人生を重ねた瑠璃子である。そして、窓子のような母にはならないと言って、仕事も退職し、手塩に掛けて七海を育てた。だが、結局、七海は瑠璃子の思いにそむいて、南米の太鼓だか鉦《かね》だかを演奏するミュージシャンと一緒に住み始めて家には帰らず、結婚より先に子供ができてしまったため、しかたなく嫁ぐと言うのだ。

「こうなると笑い話じゃない？　娘婿はお寺の住職よ？　それが、坊主頭を隠して、ドレスを着た娘とバージンロードとやらを歩かされ、アーメンの前に引き出されるんやから」

「あはは。それは、さすがに、お気の毒ね」

珍しく玖美が大きな笑い声をたてた。

「檀家の皆様が見たら卒倒モノやね」

「ほんとよ、この国は、いったいどうなっちゃうわけ？」

「まったく、クリスマスには町にジングルベルが鳴り響き、十日もすれば琴と尺八の『春の海』で神社へ初詣、誰かが亡くなったならお寺で念仏。結婚式も、どっちにしよう、と神社と教会で迷ったり」

「いくら選択の自由があるとゆうても、立ち位置グラグラやんか。うちらみたいに『開戦の詔勅』や『戦陣訓』が暗誦できないまでも、背骨はしっかりしてほしいもんや。そやないと、ほれ、ニュースをつけたら意味不明の動機で人を殺したり傷つけたり、けったいな事件ばかり」

話せば話すほど、ぼやきとため息になる。

「無宗教ゆうんもしかたないけど、式を司る人もおらへん人前結婚式なんか、余興みたいで儀式としての重みも何もあらへん。まして婚姻届を役所に出すだけやなんて。猫の子をもろてもらうわけやあるまいし」

「そのとおりだわ。ヨーロッパじゃ婚姻届の署名はおごそかな儀式なのよ。セレモニーホールがあって、司式者が法的な書類の提出完了までを見届けるの」

「それ、玖美ちゃんが七海に勧めてくれた〝シビル・ウエディング〟のことやんね？　たしかに、あれをやっただけで、七海もダンナも少しは結婚の責任を感じ取ってくれたみたいやわ」

人の生き方の変遷につれ、結婚式のスタイルはまだまだ変わる。しかし人に智恵ある限り、統一された様式が整えられ、浸透していくだろう。

「たかが儀式、されど儀式。男と女がともに〝ちゃんとした〟人生を歩むには、失うことのできない心の証、なのかもね」

言いながら、父が自分に求めた〝ちゃんとした娘〟という口癖を思い出し、毖子は苦笑する。

「親が娘のためにと力んだ分だけ、娘は自立とやらで大きく飛んで出てしまうもんなんやねえ」

「いいじゃない、自分が親になって初めてわかることなのよ」

本当にそうだ。そのとおりだ。自分もかつては、父にさからい、自由を勝ち得て東京に出た。そしてそこからこの色つきの人生が始まった。青春とは、そういうものかもしれない。

ムッシュが言ったとおり、定まったものを申し送りするだけの機械とならず、あらたに何かを生むアーティストたらんと模索し続けることが大切なのだ。

「そういう意味では、あれだけたくさんのウエディングドレスを作ってきたあたしも、この年になったからこそ、わかることっていっぱいあるわ。それが、着物よ」

長年、窓子とは洋服と和服、対極の位置で、生きてきた。その玖美が、今頃になって、何を言う？

＊

えらそうなこと言うわけじゃないけど、あたしはね、常に、日本のいいもの、伝統のすてきなものを大事にしてきたのよ。何度も批判されたりバッシングを受けてきたけどね。

昨日のファッションショー、見てくれたでしょう。第三部、最後の章で、次々と登場した色打掛のいろいろを覚えてる？　日本髪ではなく、モデルたちは皆、ゆるやかに結い上げた髪に大輪の花を飾った今風のスタイル。着物だから歩幅も小さくしとやかながら、裾捌きも軽やかに歩き、夢のような色合いで染め上げられた打掛をひらりとひるがえしながらランウェイを行ったでしょう。

今までの、重くて痛い鬘じゃないのよ。打掛も、刺繡や箔で重く長々しいのとは違って、あの軽やかさよ。花嫁さんがいきいきするはず。

だって、花嫁は人形じゃないんだもの。生きた一人の若い女性なんだから、彼女の意志、彼女の好みを活かしてあげてこそ、いきいきと血の通った花嫁として登場できるのよ。

あたし、世界じゅうの伝統的な民族衣装を集めたけど、やっぱり、日本の着物がいちばん美しい。自信を持ってそう言える。昔マーちゃんのお兄さんの見本帳を見た時から、その思いは変わらないわ。

あたし自身は、主人が着物を着るなって言ったことから、着物は処分しちゃったけど、デザイナーとしての視点では、打掛ほど美しい花嫁衣装はないと思ってるのよ。そこには、日本の歴史が凝縮されているもの。より美しいものを求めて磨き上げた、一億人の、千二百年間の美意識が。

着物の生地を使ってドレスを作る人も出てきたけどね。あたし、思うの。日本人は、着物生地は着物で着なきゃだめよ。細工したドレスじゃなくてね。

もちろんあたしも、外国人向けのドレスには着物の生地を使うこともあるのよ。でもね、お色直しのドレスに着物の生地の転用はだめ。幅が決まってるから、無地の生地を継いで足したとしても、スリムな形しか作れない。とすると、クミ・サクラの、たっぷり生地を使った贅沢なラインは出せないわけよ。

そこで、洋服地に着物柄を染め出すことにしたの、友禅で。

マーちゃんのお兄さん、お亡くなりになったのは五年前だった？　京都にお願いに行った時は、まだお元気でいらしたわ。あたしの近況、よくご存じで、活躍が嬉しい、って喜んでくださった。なつかしいわね。あの見本帳以来だったのよ。お年を召されてもやっぱりダンディでいらした。男性がおしゃれで素敵だと、女の方もなんだか弾んじゃうじゃない？　クリスタラン健在、そう思ったわ。

お願いしたのは洋服のための染めだけど、あくまでも古典の着物の技法でやってくださいって。何百年と連綿と受け継がれてきた伝統を、洋服地でやってほしいということだったの。これもまた、着物本来の作り方ではない、って和服の業界からはバッシングが来たんだけどね。お兄さんは黙ってしばらく考えて、息子にやらせてみたい、っておっしゃった。伝統を守るとはどういうことか。古いままに博物館に展示されることじゃなく、今を生きる人たちがまとい、愛してこそ、技術が未来へ伝わり、着物が生き延びることになる、とわかっておられたのね。そうして、ご体調もすぐれないのに、ずっと傍で見守っていてくださった。

息子さんは健章《けんしょう》くんというのよね？　まさかこっちもキラキラネームじゃないわよね？　芸大出身でアーティスト気質。ちょっと不安はあったけど、あたしの名前で作品が世に出るわけだから、そりゃもう、はりきって取り組んでくれたわ。今回は琳派の華やかさを取り入れて、試行錯誤のすえに、金を基調にしたあの美しい色柄を染め出してくれた。パリコレでも大好評だったのよ。褒めてあげてね。

ジャポニズムって、すばらしく大胆で美しいから、サンローランやディオールなど、時折コレクションに取り入れるのね。だけど一過性だわね。あたしのように継続して打ち出すデザイナーはいない。数十年前にパリに留学した時、アジア人だからって軽く見られて悔し涙を流したけど、それじゃあそれを逆手に取って、日本人にしかできない色彩感覚、大胆構図で勝負しようと考えたの。日本人ですがこれでどうです、って見得を切ってね。そう、こんなの、ヨーロッパ人にできる？　逆転の発想の勝利ね。長い日本伝統の技術があたしの味方。きっと、お兄さんもついていてくれたはず。

最初の三点はね、あれは、和紙でできてるって、わかった？　しなやかそうで、とてもそうは見えなかったでしょ。でも和紙だと染めた時、発色が絹のものとはまったく違うの。ほっこりとした温かな風合いが出せるというか。あれも、ムッシュのお嬢さん、パロマにやってもらったのよ。

パリで生まれ、半分しか日本人の血脈を引かなかったのに、パロマっていう子は、しっかり父の国の伝統技法を自分のものに昇華したのね。彼女自身、金髪に青い目で背も高いから、着物を着るとおそろしいくらいのキワモノになっちゃうんだけど、自分が着るためじゃなく、誰かを磨き洗練させるために、嬉々として力を尽くしてくれたの。

ムッシュもアンヌも、とうにこの世を去られた。でも、技術も伝統も、すぐれたものはそのようにして引き継がれていくのね。自分のために、誰かのために、美しくあるために。

きっと人ある限り、美しいものを求める思いが立ち消えることはないのだわ。そう思う。

カマラード、同じ志の人って、必ずどこかにいるのよ。お兄さんもそう。パロマだってそう。地下水脈のように、それぞれの場所を流れている才能に、あたしは呼びかけ、集めて、一つの仕事という流れにしていこうと思う。これからも。

ローマ教皇に日本の博多帯の美しい祭服を献上したのも、日本の伝統工芸のすばらしさを世界に知らしめるいちばんの方法と思ったからよ。

教皇のご出身国ポーランドの国花であるパンジーの柄をふくれ織りで浮き上がらせ

た、それはみごとな織物だった。その上、金銀で豪華に輝いているのに、高齢の教皇がお召しになってもちっとも重くない。あたしがしゃしゃり出て特別にアピールしたりプレゼンする必要なんてなかったわ。教皇ご自身が、すばらしい、と言って手にしてくださった。それをまた、バチカンじゅうのいろんな人が見にやってきて、ため息をついたのよ。

ほんとうに美しいものは、みずから美しいと声を発する必要なんてないの。日本の織物はそういう、語らずして世界じゅうの人々の心を惹きつける美を放っているものなのだから。

テレビのワイドショーで取り上げられたけどね、あれは、博多織の現場の人たちにたのまれて動いたのよ。このままでは後継者も育たず滅びてしまう。そのためにはなんとか博多織のよさを世界に知らしめたい、そんな危機感を持ってらした。そして言うのよ。クミ・サクラの名前でなら、ローマ教皇にも近づけるんじゃないかって。その意気に打たれたわ。もしも人が高名ならば、その名前はそういう時のために使うものじゃない？

美しいものは、世界に通用する。これ、あたしが人生でずっと信じて実践してきたことよ。そう、美しいものに、国境はないの。

実際、マーちゃんたち着物業界の人から見ても、すばらしい織りであるのはわかったでしょ。そりゃあ職人さんたち、ここぞとばかりふるいたって、持てる技術のすべてを注ぎ込んでくれたもの。

お相撲で、当代人気の力士が横綱に昇格する時、クミ・サクラとして化粧まわしを贈るのも今では恒例になったわ。お相撲は神事なのだし、横綱っていうのはその頂点。心技体、すべて整い気品に満ちて、神にいちばん近い存在だからこそ、ぜったい美しくあるべきなの。

だからデザインには凝るし、最高級の絹と技術とで織り上げるのよ。基本、土俵入りの時のものだから、横綱用だけじゃなく、太刀持ち用、露払い用と、三枚で一セット。そりゃもう高価だけどね。あそこまでくると値段じゃないの。あれを織るだけで、経済効果はもちろん、西陣の工房がどれだけ活性化することか。職人さんは男性が多いから、やっぱり、横綱への敬意はハンパじゃないのね。あれは女性にとっての花嫁衣装とは対極にある、男たちの、強さと品格に対する〝晴れ着〟なんだと思うわ。

そんなこんな、美術館に保存する仕事もやっているけどね、やっぱり、身にまとうドレスや着物は、生身の人間がまとってこそ輝くものよ。美術館のガラスケースの奥じゃ、そのすばらしさが伝わらない。

だからあたしは生きた伝統技術を、生きた人間がまとう衣装で継承していくわ。いつまでできるかわからない。どこまでできるかわからないけどね。

＊

大きなため息が窓子から洩れた。むろん、それは感嘆のため息だ。

「magnifique《マニフィーク》、って言うんよね、こんな時。まったく、すばらしい、の一言やわ」

うふふ、と玖美がはにかんだ。

「マーちゃん、えらくフランス語が達者じゃない」

「まあね。行ったことがないわりには、ね」

そして二人で、また笑った。

その時、衝立の隣の席で初めて、人が立つ気配がした。今までずっと何の話し声も聞こえず静かだった席だ。衝立から見えたのは、ラフなフリースを着た、無表情な男だった。

「ああ、トイレはあっちじゃない？」

場所を教えるのは、席に残った若い女の単調な声。べつだん喧嘩をしていたわけではなかったのだ。ついと覗くと、テーブルの上に結婚式場のパンフレットを置いたまま、熱心に携帯と向き合っている。今まで話し声一つしなかったのは、ずっと二人でそれぞれの携帯に向かっていたからであるらしい。

窓子は思わず玖美と顔を見合わせ、またため息をついた。

「あれね、メールだかゲームだか、やってはるんや」

声をひそめて窓子は言った。以前、娘一家と食事をした時、初めから終わりまで携帯を手放さなかった七海に閉口したものだが、世間ではたいして珍しいことではなかったようだ。

二人の男女が、一言も言葉をかわさず長時間、別々のことをして座り続けている不思議。あれで結婚するというのだからどんな生活形態になるのだか。しみじみ、自分もずいぶん長生きしたものだという気がした。

「玖美ちゃん、あなた、時代を変えすぎたんじゃない？」

「あら、あたしのせいなの？」

心外という顔で、玖美はあらがう。窓子はうなずき、

「そやかて、靖国に奉納する花嫁人形も、今ならきっとウエディングドレスやろ。きっと英霊もびっくりしやはるで」

言うと、かすかに微笑む玖美だった。帝大生の冨田のびっくり顔を思い浮かべたからだろうか。

「たしかに男性のことも、変えたわねえ。お婿さんの衣装、という点ではね。だって昔は洋装か和装か、二者択一しかなかったんだもの。だけどお婿さんだって、ちゃんとしなきゃ」

言われればそうであった。窓子が現役でやっていた昔は、花婿の装いといえば、紋付袴にするかモーニングにするか、二つしかなかった。しかし今ではタキシードに燕尾服、色もシルバーに白、黒、紫と、カラーバリエーションも広がっている。

「花嫁さんがティアラをかぶって〝正装〟なのに、お婿さんがタキシードじゃ、それは召使いよ。やっぱり冠にふさわしい礼装の、燕尾服でなきゃ。花嫁、花婿、ちゃんと釣り合いのとれた装いを、って口を酸っぱくしてやってきたのは事実よ」

なるほど、西洋のドレスコードは、ブラックタイにホワイトタイと、日本人が〝洋装〟とざっくりとらえる以上に細やかなのだ。

「これも、既製の紳士服業界からは、男がおしゃれするなんて変だ、余計なこととして、とバッシングの対象になったけど」

たしかに、二種類だけ作っていればよかった業界には、楽ができなくなって迷惑だったであろう。しかし消費者を思えば当然なすべき努力であった。玖美は間違っていない。

「時代は変えたけど、乱したわけじゃないわ。正統なかたちに導いてきたつもり」

玖美の自負は揺るぎない。事実、デザイナーは選択肢を増やしたが、それを正しく選び取るのは、主人公たち、今この時を生きる若い世代自身であるのは言うまでもない。

「あら、お嫁さんが」

また風が吹き抜けた。つられて外を見れば、たしかに、披露宴はさっき終わって、みんな退出していったというのに、一人、お嫁さんだけが、庭をしずしず歩いている。

「きれい――」

初冬ではあるが、陽射しはなおも柔らかく、それで庭に出てみる気分になったのだろうか。肩を出したデザインは少し寒そうにも見える。

「あらま。あたしのドレスだわ」

突然、玖美がつぶやく。

こんな距離からでも自分の作品だとわかるのか、そう訊く前に、玖美は背筋を伸ばした。

「どこにいたってあたしのドレスってわかるのよ。あの腰からお尻へのライン。あれは、女性の体の線がいちばんきれいに見えるライン。世界特許で、クミ・ラインっていうのよ」

従来のマーメイドラインに似てはいるが非なるもの。人魚のラインは尻尾と胴体が切れており、尾びれの部分がつないである。だが、クミ・ラインは、切り替えなしの一枚の布で、あのなみなみとしたラインを創出するのだ。

「アイデアの発想は、着物のおひきずりだったって、わかった？」

言われて窓子はあっと声を上げた。かつて身分の高い上﨟《じょうろう》たちは、下々の者のようには着物を帯でたくし上げず、裾の長さをそのままひきずり、御殿の中をしとやかに歩いた。左右に割った裾は、自然に優雅なラインを創って、動作に洗練をかけるのだ。それにならって、このドレスも、上半身はスレンダーに体に沿い、そして裾の部分で優雅に開いて絹の重みで流れていく。玖美は、たしかに、言葉どおり、決して着物を捨て去りはしなかったのだ。

「Born global《ボーン・グローバル》、――すぐれたものに国境はなし。そういうことやね」

感心しきって、窓子は、両手を挙げるしかなかった。するとまた玖美がのんびりと言う。

「またフランス語？　マーちゃんたら冴えてるわね」

「違うわよ、これは英語。まったく、玖美ちゃんの語学もたいしたことないのねえ」

もうすっかり、言いたいことは何でも口にしてしまえる二人に戻っていた。

「行ったことはないけどデンマークの人たちの話でね。海に突き出た小国ゆえに、はじめから自分の国一国で固まってちゃ生きられず、生まれながらにBorn global、他国と行き来し、気持ちを国際的にして暮らさざるを得えへんのやって。けど、デンマーク人として母国を愛する魂は、どんなことになっても変わらへんのやて」

玖美もそうであろう。初めから国際人になろうとしたのではない。小さな国に生まれ、ウエディングドレスという、本来は異国の文化で突出するもの、世界水準を超えたものを創ったことで、国際的に認められた。

その道程には、ニューヨークに進出した時も、パリでコレクションを発表した時も、彼女自身は言わないながらも、日本人であるハンデによって、数えきれないほど悔しい思いをしたことだろう。それでも、世界に認められて、着物が国際的に受け入れられる業績をなした。それは、ただ一筋に、無心にその道をひた走ったからだ。長き忍耐と精進は、いつか必ず報われる。そのことを、玖美の五十年が、何より雄弁に物語ってくれるのだ。

「あたしたちの魂はここ。過去も、未来も、ここにあるのね」

言いようのない感慨に襲われ、窓子は自分の着物の胸元をおさえた。

幾万、幾億の、この国の女たちの思いが重なって築かれてきた文化がここにある。

正面で、玖美が目を細めてうなずいている。

時がおだやかに過ぎていく。無限にこのまま続きそうに、やさしく、緩く。二人、無言で見つめ合った。

その時、庭を歩く花嫁の方で、そこに玖美がいることに気づいたようだ。

「佐倉先生ですよね？」

窓の向こうからそう訊くと、ドレスの裾をたくし上げながら、急いで室内へ入ってくる。

何人かのスタッフにドレスの裾やらベールやらを介助されてそばまで来ると、花嫁のドレスは小さなラインストーンを花びらごとに縫い付けた、目を見張るような高雅な刺繍のレースであるのがわかった。

「よくお似合いねえ。……素敵だわ」

すぐ横に立った花嫁の、ウエストについたカトレアの花の具合を直してやり、玖美は、一歩、椅子を後ろに下げて、全体を見た。花嫁はまた、弾んで言う。

「こんなところで先生にお目にかかれるなんて。ラッキーですぅ。あのう、サインしていただけませんか？」

周りにいたスタッフが気を利かせ、色紙を一枚、差し出してくる。あるいはこの店用に、後で書いてもらおうと準備していた分か。

「一緒にお写真も、いいですか？」

こんなところで玖美に会えたことが嬉しくてたまらないのだろう、連れの窓了にまで、はちきれそうな笑顔を向ける。

「あら、あたしより、佐倉先生とツーショットでどうぞ」

手を振りながら辞退する窓子に、花嫁は白い手袋の両手を合わせて懇願し、玖美までが、

「そんなこと言わずに」

と、立ち上がって窓子を促す。そして三人並んだところで気がついた。

「お婿さんはどこ？　花嫁さんをほっぽり出して、しょうがないわね」

親や客がいないのは、写真だけ先に前撮りするケースで訪れているのかもしれない。それでも、新郎の姿がないのは不自然だ。

しかし、堂々と事情を話すのは花嫁本人だった。

「初めから、新郎なんて、いないんです。私、明日三十歳になるんですけど、二十代最後の記念に、先生のドレスが着たかったから」

平然としたその言葉に、カメラを構えていたスタッフが笑って肩をすくめた。

なるほど、そんなケースもあるのか。窓子は思わず玖美と顔を見合わせた。

今や、結婚するしないも、女性の決断にゆだねられる時代。世間の言いなり、親の勧めるままに結婚への道を進んだ自分たちとは隔世の感だ。

「ねえ。今の政府は、国の人口減を憂いて、女たちに産めよ増やせよと言わはる。ほんで、税収を増やすためには、女たちに働けと言わはるねん。何でも、困った時には女なんや」

「どうしたのよ。マーちゃん、急に何ぼやいてるの？」

突然に不平口調になった窓子を、玖美は笑う。

だが本当だ。自分はずっと、誰か自分ではない大きな力の望むままに流されてきた。きっとその〝誰か〟には、それが都合がよかったのだろう。結婚も、人生も、自分は何も選ばなかった。社会全体が言う〝それがあたりまえ〟の波に乗せられ、そして、あっぷあっぷ言いながら乗りきってきただけのこと。慶太と生きた人生はそれで語り尽くせる。

ではこの人生を、後悔しているのか。玖美の人生を生きたかったとでも言いたいのか。

いや、違う。追い詰められた人生の土俵際でがんばったのは常に自分自身であった。他の誰の力でもない。そして慶太と別れもせず、今も憎んでいないのは、男と女がともに生きていくことこそが自然だったから。そう、天には帰れなかったけれど、だめな慶太がいなければ、自分はあんなにもがんばれなかったに違いないのだ。

「あはは。年寄りの独り言や。この人生は何でもありや、何でも選べる、選んでええんや。どうせがんばるんはうちら自身なんやもん」

カシャッ、はいもう一枚。――小さいスマホに向かってポーズを取りながら、窓子は、その向こう側に、写真好きだった夫の慶太を見ていた。

時代は変わる、なにしろカメラが電話と一体になり、未知の世界につながって、ますます不思議な関係性を人にもたらしていく世の中だ。だが、どんな時代になっても、男と女は半分ずつ。結婚し、安定した家庭を築いて、次の世代を育んでいくことが、そこに生まれる子らのしあわせになる。その時、結婚式をするもしないもどちらでも、花嫁衣装で美しく装って晴れの日に臨みたいと願う女性の思いは、きっと不変であろう。

いていく。
「いやだ、あんなに晴れてたのに。中に入ってきててよかったわね」
庭の方を見やれば、まだ日は晴れやかに明るいのに、雨のつぶてがガラスの扉に斜線を引
「あらっ。――雨？」

「狐の嫁入りね」

言ったきり、皆は視線を外へと向けて、しばし黙った。

濡れたガラス扉の表面に、一筋一筋、雨の軌跡が、追憶の中の景色を引き連れてくる。

長持唄に送られてくる花嫁行列。もんぺ姿で三三九度の杯を空けた戦中の花嫁。灯りを点けない祇園祭の山鉾が行き、カメラを抱えた紋付袴の慶太が走る。鬘が合わず抜け首のように真っ白だった姪の顔も、瑠璃子や七海の晴れやかな笑顔も。それから、いく百枚もの、自分が描いた打掛の柄が重なっていき、やがて玖美のドレスの豪華なフランスのレースの渦にのみ込まれて。

けれどもすぐに雨は勢いを失い、日が照り返す。その輝きの中、はらはらとこぼれ落ちる雨つぶのように、慶太が撮りためた無数の写真が、窓子の意識の中を舞っては消えた。

風が吹く。吹いて、時代を回していく。回る時代の中で、親から娘、またその娘も、似たようなことをやりながら流れていくのだ。

――おしあわせに。

覗き込むと、色紙には玖美らしい丹念な文字で、そう書かれていた。

みんなが、幸せになるため生きている。今はそのことが信じられた。決して一人ではなく、誰か、一緒に時間を歩む者とともに、輝くもの、あざやかなものを求め続けながら。

カーテンが踊る窓の外、明るい庭のかなたを遊覧船がゆるやかによぎっていった。

解説

桂由美

〝日本の結婚式が世界中で一番エレガント〟。そう言われるようになることを目指して、五三年もの間、私はファッションデザイナーとして走り続けてきました。一九六四年、東京オリンピックの年に日本初のブライダルサロンをオープンした当時は、〝ブライダル〟という言葉自体、この国には存在していなかった。花嫁衣装と言えば、誰もが違わず、白無垢、色打掛という時代でした。その流れを大きく変え、結婚式の新たな様式を築きあげた女性の物語を描きたいと、玉岡かおるさんからお話があったのは、ご結婚を控えた玉岡さんのお嬢さんが、私のウエディングドレスを着たいと、母娘で打ち合わせにいらしたすぐ後のことでした。私をモデルに、日本の婚礼の歴史を通して女性たちの個性、夢、自立を描きたいと。

ウエディングドレスを日本に広めたブライダルファッションデザイナー――。皆さんからそう呼ばれる私ですが、この仕事を始めたきっかけは、〝困っている方を助けたい、夢を叶えるお手伝いをしたい〟という一心からでした。ブライダルの先駆者として名を揚げたいとか、事業を大きくしたいとか、そんなことは微塵も考えていなかった。結果的に、それが実現したのは、お客様ひとりひとりが抱いている〝結婚式への夢〟に対し、共に真摯に向き合ってきたからだと思っています。〝こんなスタイルは無理なのだろうか〟と、花嫁さんがあきらめかけていた夢を叶えたときの感動はひとしお。数えきれないその喜びの連続が、半世紀以上もの間、私を歩ませてきてくれたのです。『夜明けのウエディングドレス』を読み、真っ先に感じたのは、私が大切に抱き続けてきたその喜び、スピリットが、物語の芯に滔滔《とうとう》と流れていることでした。

髙島屋の二代目の妻をモデルにした『花になるらん―明治おんな繁盛記』、大正から昭和にかけ、日本一の商社となった鈴木商店を支えた妻の一代記『お家さん』など、実在の女性たちをモデルにしたサクセスストーリーを数多く執筆されている玉岡さんですが、本作は少し趣きが違う。この物語が彼女のなかで生まれてきたきっかけは、日本初のブライダルファッションデザイナーである私が歩んできた道に興味を持たれたということ以上に、ウエディングドレスを選ぶ、玉岡さんのお嬢さんをお世話していたときに感じ取られた、そうした私のスピリットの部分だったのではないのかと思えるのです。

　そんな〝桂由美〟の精神、半生を投影した主人公・佐倉玖美。私にとって分身のように思える彼女と、もうひとりのヒロイン、旧友・田代窓子が数十年ぶりの再会をするシーンから物語は始まります。二人の語らいは思い出話へと移り、いつのまにか彼女たちは一緒に時空を越えていく。ともに学び、夢を語り合った女学校時代、太平洋戦争の戦火が激しくなり、窓子は実家のある京都へと戻って、後に姫路へと嫁ぎ、玖美は東京で洋裁学校を営む母を支えつつ、デザインを学び……そして戦後、高度成長期時代、二人はともに日本の結婚式を変えていきます。奇しくも対照的な形で。

　私の半生については、これまでも伝記や評伝などの形で語られてきました。けれど本作は小説作品。玉岡さんはそこに唯一無二の仕掛けをなさった。それは、玖美と対になってストーリーを動かしていく窓子の存在です。京都・西陣で染め屋を営む家に生まれた彼女は、その伝手《つて》と知識を糧とし、後に草分け的な婚礼貸衣装業を展開していきます。もちろん架空の人物ですが、私にとって、まるで共に歩んできたような現実感がある。㈱ユミカツラインターナショナルには、東京、大阪（二店舗）、パリの直営店のほかに、レンタル業を主とするフランチャイズ店が全国に約六〇店舗あります。その六〇店は、もともと着物中心の婚礼貸衣装業を営んでいたお店でした。和装の花嫁衣裳にこだわりを持ち、高度成長期の結婚式を支えてきた、その店の方々の考え方は、窈子のそれにとても近い。一九八一年、チャールズ皇太子とダイアナ妃の結婚式が世界中でテレビ放映されたことを機に、日本ではウエディングドレスを着る方が急増し、一九九三年、ついに洋装が和装を上回ります。そうした流れが今へと繋《つな》がってきているわけですが、窈子には、その変遷のなか、ずっとお付き合いをしてきた、その六〇店の経営者、ひとりひとりの顔が浮かんでくるような感覚を覚えました。

そうした極めて現実的に感じられる要素を、登場人物の造形に巧みに取り込んだ本作は、ウエディング、花嫁衣裳から見る女の昭和史を、物語として読むことのできる興味深いもの。そのさなかにいた人々の感情も、ていねいに掬《すく》いとられています。ウエディングドレスを着る人が増えるようになったため、和装業界からバッシングされたこと、花嫁と釣り合いの取れた新郎の衣装をデザインしたことで、〝男がおしゃれしてどうする〟と非難を浴びたこと、新たな和装のスタイルを提案したことで、〝伝統をないがしろにしている〟と咎《とが》められたこと……そうした四面楚歌のなか、ひたすら自分の信じる道を走ってきた私の想いも、分身・玖美にはそのまま通っている。それも前を向いて頑張っていくために振りきり、いつしか自身のなかにしまい込んでいた心の奥底にあった感情まで。

それが玖美と窓子、二人の語らいから引き出されてくるところも、殊に女性読者にとっては、気持ちのうえで入りやすいのではないでしょうか。女性同士のお喋《しゃべ》りって、そうした思いがけない心の扉を開く瞬間がありますから。大好きでも、信頼していても、〝羨《うらや》ましい〟とか、〝何やっているのよ〟とか、棘の刺さった感情が、人と人の間には、時に出てくることがある。私の半生をモデルに、玖美と窓子のダブルヒロインで語られる物語は、そうした意味でも、私のみをリアルに追った評伝より、むしろ現実感が溢《あふ》れ出しているように思えます。

〝虹が、おりてきたのよ。いえ、おろしたの。自分のこの手で、ずっと遠くに仰ぎ続けていた虹を、あたしは地上に引き寄せたんだわ〟——。これは玖美が、あるひとつの夢を叶えたときの思い出話を窓子にしたときの言葉です。もちろん、私が語った言葉ではありません。けれど実際、私がその夢を実現させたとき、抱いていたスピリットそのもの。取材のなかでお話ししたエピソードのひとつひとつを、玉岡さんは、印象的な言葉で美しい形へと昇華なさった。この作品のなかで語られていく女たちのレジスタンスは苦労も涙もいっぱい。でも、花嫁の夢を叶えたい、最も美しい姿で、嫁ぐ日を迎えてほしいという二人の想いが奏で合う物語には、女性なら誰しも浮き立ってくるような、きらきらしたものが、精緻な筆致によってちりばめられているのです。

〝ウエディングとは第二の人生の出発〟ということを、私はずっと言い続けてきています。結婚式は、人生のなかの最も大きなイベントと言っても過言ではない。もちろん誕生したとき、命の旅を終えたときなど、人生のイベントは数々ありますが、自分が主体となって手掛けられるビッグイベントは、結婚式をおいて他にはないと思うのです。今、地味婚や何もしない〝ナシ婚〟が増えています。実際、結婚式を挙げているカップルは六五％。たった一日のための費用を、他のことに遣った方がいいのではないか、という考えを持つ方が多くいらっしゃいます。けれど、結婚式は、そこからの自分の人生をつくりあげていくための大切なセレモニー。皆がそうしているから、それをするためには、こんなにお金がかかってしまうから、ということ以前に、その特別な日を、自分たちの〝特別な日〟にすることが大事であると思うのです。〝結婚式は人それぞれ。みんなが一緒だったら面白くもなんともない〟と言いつつ、私は五三年間、この仕事を続けてきました。限られた予算のなかでも、アイデア次第で素晴らしいウエディングをすることができるということを、私は大きな声で伝えたいのです。その特別な日に自分が叶えた夢は、必ずやその後の人生を照らしてくれる。

このストーリーには、読む人それぞれのなかで、自身の内にある夢を自由に咲かせるための種子があります。自立すること、個性を発揮すること、前人未踏のものを成し遂げること……。玖美と窓子、二人の物語はすべての女性への応援歌でもあるのです。

――ブライダルファッションデザイナー

インタビュー・構成　河村道子

この作品は二〇一六年六月小社より刊行された『ウエディングドレス』を加筆修正し、改題したものです。

夜《よ》明《あ》けのウエディングドレス

玉岡《たまおか》かおる

平成30年8月5日　初版発行

発行人――石原正康
編集人――袖山満一子
発行所――株式会社幻冬舎
〒151-0051東京都渋谷区千駄ヶ谷4-9-7
電話　03(5411)6222(営業)
　　　03(5411)6211(編集)
　　振替00120-8-767643
印刷・製本―株式会社　光邦
装丁者――高橋雅之

幻冬舎文庫

ISBN978-4-344-42767-9　C0193　た-60-2

幻冬舎ホームページアドレス　http://www.gentosha.co.jp/
この本に関するご意見・ご感想をメールでお寄せいただく場合は、
comment@gentosha.co.jpまで。